U0079913

STS

山田社

STS

山田社

STS

山田社

# 不會日語也別怕！

## 超簡單!!

# 玩透日本

附贈
MP3

# 用中文就GO！

山田玲奈・賴美勝 著

山田社
Shan Tian She

# 前言

到日本就是要挖寶，
別再用英語「ㄍㄧㄥ」了，
日語會說會聽，才能挖到寶！

## 好康消息!!

> 本書「中文漢字＋羅馬拼音」服務！
> 不會 50 音，照樣馬上開口說日語！

不必擔心日語行不通！「中文漢字＋羅馬拼音」會讓：
越來越愛日本深度旅遊的您，用這一點巧力，會日語更有趣！
投資、置產、談生意，也能秒會秒說，學習零負擔！
用中文阿公、阿嬤也能輕鬆開口說，越說越好玩。
零基礎，也能用中文就 GO！說走就走，不必想太多！

## 本書特色

### ▼ 50 音日語發音基礎，輕鬆入門！

　　50 音、假名是學日語的敲門磚，本書用簡單的文字告訴您假名的來龍去脈，用輕鬆、易懂的圖表幫助您理解日語發音規則，打好您的日語地基，遇到什麼難關都不怕啦！

## ▼ 中文漢字＋羅馬拼音，不會日語也能出境一秒開口說！

本書精心標注中文漢字與羅馬拼音，熟悉日語發音規則後，再搭配拼音輔助，天啊！一句日語就這樣脫口而出！完全不費力！去日本到哪都通啦！

## ▼ 精挑實用句型＋旅遊情境會話，怎麼玩都實用！

除了各種實用的招呼用語，50 多個超實用的日常對話句型，只要換個單字填入句型，一句新的日語「砰」的一聲就出現了！還有精心分類 9 大旅遊情境會話，從機場通關、到飯店、觀光、購物、享用美食……等各種情境，任您玩遍日本，到處都實用！

## ▼ 話家常句，深度文化句，就從這裡開始！

本書幫您歸納日語聊天金句 7 大主題，隨時隨地想跟日本人閒話家常都沒問題！除此之外，還收錄了日本文化相關的單字，讓您跟日本人聊天聊得更有內涵！想來一場日本文化深度之旅，就從這裡開始！

## ▼ 專業日籍老師發音，開口就是標準日語！

隨書附贈專業日籍老師朗讀 CD，讓正統東京腔發音的老師帶領您進入日語的世界，讓您的耳朵漸漸熟悉日語發音，大腦一聽就懂，跟著老師一起念，訓練您的發音基礎，讓您跟日本人寒暄，一開口就是標準日語！

# contents
# 目錄

STEP 4 ▶ **說說自己**

## 1 ▶ 自我介紹

## 2 ▶ 介紹家人

## 3 ▶ 談天氣

## 4 ▶ 談飲食健康

## 5 ▶ 談嗜好

## 6 ▶ 談個性

# MEMO

# Step 1
## 假名與發音

**memo**

先安排讀書計劃學得更快喔！

告訴你，其實日本文字「假名」就是中國字呢！為什麼？我來說明一下。日本文字假名有兩種，一個叫平假名，一個是叫片假名。平假名是來自中國漢字的草書，請看下面：

| | | |
|---|---|---|
| 安 ⇨ あ | 以 ⇨ い | 衣 ⇨ え |

　　平假名「あ」是借用國字「安」的草書；「い」是借用國字「以」的草書；而「え」是借用國字「衣」的草書。雖然，草書草了一點，但是只要多看幾眼，就能知道是哪個字，也就可以記住平假名囉！

　　片假名是由國字楷書的部首，演變而成的。如果說片假名是國字身體的一部份，可是一點也不為過的！請看：

| | | |
|---|---|---|
| 宇 ⇨ ウ | 江 ⇨ エ | 於 ⇨ オ |

　　「ウ」是「宇」上半部的身體，「エ」是「江」右邊的身體，「オ」是「於」左邊的身體。片假名就是簡單吧！

## ② 清音

Track 2

日語假名共有七十個，分為清音、濁音、半濁音和撥音四種。

### 平假名清音表（五十音圖）

| | | | | |
|---|---|---|---|---|
| あ a | い i | う u | え e | お o |
| か ka | き ki | く ku | け ke | こ ko |
| さ sa | し shi | す su | せ se | そ so |
| た ta | ち chi | つ tsu | て te | と to |
| な na | に ni | ぬ nu | ね ne | の no |
| は ha | ひ hi | ふ fu | へ he | ほ ho |
| ま ma | み mi | む mu | め me | も mo |
| や ya | | ゆ yu | | よ yo |
| ら ra | り ri | る ru | れ re | ろ ro |
| わ wa | | | | を o |
| | | | | ん n |

### 片假名清音表（五十音圖）

| | | | | |
|---|---|---|---|---|
| ア a | イ i | ウ u | エ e | オ o |
| カ ka | キ ki | ク ku | ケ ke | コ ko |
| サ sa | シ shi | ス su | セ se | ソ so |
| タ ta | チ chi | ツ tsu | テ te | ト to |
| ナ na | ニ ni | ヌ nu | ネ ne | ノ no |
| ハ ha | ヒ hi | フ fu | ヘ he | ホ ho |
| マ ma | ミ mi | ム mu | メ me | モ mo |
| ヤ ya | | ユ yu | | ヨ yo |
| ラ ra | リ ri | ル ru | レ re | ロ ro |
| ワ wa | | | | ヲ o |
| | | | | ン n |

**❸ 濁音**

Track ◎ **3**

　　日語發音有清音跟濁音。例如，か [ka] 和が [ga]、た [ta] 和だ [da]、は [ha] 和ば [ba] 等的不同。不同在什麼地方呢？不同在前者發音時，聲帶不振動；相反地，後者就要振動聲帶了。

　　濁音一共有二十個假名，但實際上不同的發音只有十八種。濁音的寫法是，在清音假名右肩上打兩點。

| 濁音表 | | | | |
|---|---|---|---|---|
| が<br>ga | ぎ<br>gi | ぐ<br>gu | げ<br>ge | ご<br>go |
| ざ<br>za | じ<br>ji | ず<br>zu | ぜ<br>ze | ぞ<br>zo |
| だ<br>da | ぢ<br>ji | づ<br>zu | で<br>de | ど<br>do |
| ば<br>ba | び<br>bi | ぶ<br>bu | べ<br>be | ぼ<br>bo |

**❹ 半濁音**

Track ◎ **4**

　　介於「清音」和「濁音」之間的是「半濁音」。因為，它既不能完全歸入「清音」，也不屬於「濁音」，所以只好讓他「半清半濁」了。半濁音的寫法是，在清音假名右肩上打一個小圈。

| 半濁音表 | | | | |
|---|---|---|---|---|
| ぱ<br>pa | ぴ<br>pi | ぷ<br>pu | ぺ<br>pe | ぽ<br>po |

# Step 2
## 寒暄一下

**中文拼音小貼士！**

memo

❶ 2個以上的中文拼音，下面有＿＿（底線）時，記得要把底線上的字，全部合起來唸成1個音。例如：**きく**（聽）要唸成「**克伊枯**」喔！

❷ 中文拼音之中，如果看到「ㄟ」的符號，表示這裡要憋氣停一下。例如：**まって**（等一下）要唸成「**媽ㄟ貼**」喔！

❸ 中文拼音之中，如果看到「～」的符號，表示這一個音，要拉長唸成2拍喔！常出現的組合如下。例如：**おかあさん**（媽媽）要唸成「**歐卡～沙恩**」喔！

| 早安。 | **おはようございます。**<br>ohayoo gozaimasu<br>歐哈悠～ 勾雜伊媽酥 |
|---|---|
| 你好。 | **こんにちは。**<br>konnichiwa<br>寇恩尼七哇 |
| 你好(晚上見面時用)。 | **こんばんは。**<br>konbanwa<br>寇恩拔恩哇 |
| 晚安（睡前用）。 | **おやすみなさい。**<br>oyasuminasai<br>歐呀酥咪那沙伊 |
| 謝謝。 | **どうも。**<br>doomo<br>都～某 |

Track ◎ 6

Step
1
假名與發音

Step
2
寒暄一下

Step
3
基本句型

Step
4
說說自己

Step
5
旅遊日語

② 再見

| | |
|---|---|
| 再見。 | **さようなら。**<br>sayoonara<br>沙悠～那拉 |
| 先走一步了。 | しつれい<br>**失礼します。**<br>shitsuree shimasu<br>西豬累～ 西媽酥 |
| 那麼（再見）。 | **それでは。**<br>soredewa<br>搜累爹哇 |
| 再見（Bye Bye）。 | **バイバイ。**<br>baibai<br>拔伊拔伊 |
| 再見（Bye囉！）。 | **じゃあね。**<br>jaane<br>甲～內 |

**③ 回答**

| | |
|---|---|
| 是。 | **はい。**<br>hai<br>哈伊 |
| 對，沒錯。 | **はい、そうです。**<br>hai, soo desu<br>哈伊, 搜～ 爹酥 |
| 知道了（一般）。 | **わかりました。**<br>wakarimashita<br>哇卡里媽西它 |
| 知道了（較鄭重）。 | **かしこまりました。**<br>kashikomarimashita<br>卡西寇媽里媽西它 |
| 知道了（鄭重）。 | **承<sup>しょう</sup>知<sup>ち</sup>しました。**<br>shoochi shimashita<br>休～七 西媽西它 |

| 謝謝。 | **ありがとうございました。**<br>arigatoo gozaimashita<br>阿里嘎豆～ 勾雜伊媽西它 |
| --- | --- |
| 謝謝。 | **どうも。**<br>doomo<br>都～某 |
| 不好意思。 | **すみません。**<br>sumimasen<br>酥咪媽誰恩 |
| 您真親切，謝謝。 | **ご親切<sup>しんせつ</sup>にどうもありがとう。**<br>goshinsetsu ni doomo arigatoo<br>勾西恩誰豬 尼 都～某 阿里嘎豆～ |
| 謝謝照顧。 | **お世話<sup>せ わ</sup>になりました。**<br>osewa ni narimashita<br>歐誰哇 尼 那里媽西它 |

| | |
|---|---|
| 不客氣。 | **いいえ。**<br>iie<br>伊〜耶 |
| 不客氣。 | **どういたしまして。**<br>doo itashimashite<br>都〜 伊它西媽西貼 |
| 不要緊。 | だいじょう ぶ<br>**大丈夫ですよ。**<br>daijoobu desuyo<br>答伊久〜布 爹酥悠 |
| 我才要感謝你呢。 | **こちらこそ。**<br>kochira koso<br>寇七拉 寇搜 |
| 不要在意。 | き<br>**気にしないで。**<br>ki ni shinaide<br>克伊 尼 西那伊爹 |

**⑥ 對不起**

| | |
|---|---|
| 對不起。 | **すみません。**<br>sumimasen<br>酥咪媽誰恩 |
| 失禮了。 | しつれい<br>**失礼しました。**<br>shitsuree shimashita<br>西豬累〜 西媽西它 |
| 對不起。 | **ごめんなさい。**<br>gomennasai<br>勾妹恩那沙伊 |
| 非常抱歉。 | もう わけ<br>**申し訳ありません。**<br>mooshiwake arimasen<br>某〜西哇克耶 阿里媽誰恩 |
| 給您添麻煩了。 | めいわく<br>**ご迷惑をおかけしました。**<br>gomeewaku o okake shimashita<br>勾妹〜哇枯 歐 歐卡克耶 西媽西它 |

| | |
|---|---|
| 不好意思。 | **すみません。**<br>sumimasen<br>酥咪媽誰恩 |
| 可以耽誤一下嗎？ | **ちょっといいですか。**<br>chotto ii desuka<br>秋ㄟ豆 伊～ 爹酥卡 |
| 打擾一下。 | **ちょっとすみません。**<br>chotto sumimasen<br>秋ㄟ豆 酥咪媽誰恩 |
| 請問一下。 | **ちょっとうかがいますが。**<br>chotto ukagaimasuga<br>秋ㄟ豆 烏卡嘎伊媽酥嘎 |
| 想問有關旅行的事。 | りょこう<br>**旅行のことですが。**<br>ryokoo no koto desuga<br>溜寇～ 諾 寇豆 爹酥嘎 |

| | |
|---|---|
| 現在幾點？ | いま なんじ<br>今は何時ですか。<br>ima wa nanji desuka<br>伊媽 哇 那恩基 爹酥卡 |
| 這是什麼？ | なん<br>これは何ですか。<br>kore wa nan desuka<br>寇累 哇 那恩 爹酥卡 |
| 這裡是哪裡？ | ここはどこですか。<br>koko wa doko desuka<br>寇寇 哇 都寇 爹酥卡 |
| 那是怎麼樣的書？ | ほん<br>それはどんな本ですか。<br>sore wa donna hon desuka<br>搜累 哇 都恩那 后恩 爹酥卡 |
| 河川名叫什麼？ | かわ<br>なんていう川ですか。<br>nante iu kawa desuka<br>那恩貼 伊烏 卡哇 爹酥卡 |

# MEMO

# Step 3
## 基本句型

**中文拼音小貼士！**

memo

❶ 2個以上的中文拼音，下面有＿＿（底線）時，記得要把底線上的字，全部合起來唸成1個音。例如：**きく**（聽）要唸成「**克伊枯**」喔！

❷ 中文拼音之中，如果看到「︿」的符號，表示這裡要憋氣停一下。例如：**まって**（等一下）要唸成「**媽︿貼**」喔！

❸ 中文拼音之中，如果看到「～」的符號，表示這一個音，要拉長唸成2拍喔！常出現的組合如下。例如：**おかあさん**（媽媽）要唸成「**歐卡～沙恩**」喔！

 ～です。

---

句型 1　（我、他、她、它）是〇〇。

# 名詞＋です。
**desu**
爹酥

---

| 我是田中。 | た なか<br>**田中です。**<br>tanaka desu<br>它那卡　爹酥 |
|---|---|

---

| 我是學生。 | が くせい<br>**学生です。**<br>gakusee desu<br>嘎枯誰～　爹酥 |
|---|---|

---

換個單字念念看

| 林 | リン<br>**林**<br>rin<br>里恩 | 書 | ほん<br>**本**<br>hon<br>后恩 |
|---|---|---|---|
| 李 | リー<br>**李**<br>rii<br>里～ | 日本人 | に ほんじん<br>**日本人**<br>nihonjin<br>尼后恩基恩 |
| 山田 | やま だ<br>**山田**<br>yamada<br>呀媽答 | 腳踏車 | じ てんしゃ<br>**自転車**<br>jitensha<br>基貼恩蝦 |
| 鈴木 | すず き<br>**鈴木**<br>suzuki<br>酥茲克伊 | 工作 | し ごと<br>**仕事**<br>shigoto<br>西勾豆 |

# 〜です。

| 句型 2 | 是○○。 |
|---|---|

## 數量＋です。
desu
爹酥

| 500日圓。 | ごひゃくえん<br>**500円です。**<br>gohyakuen desu<br>勾喝呀枯耶恩 爹酥 |
|---|---|
| 20美金。 | にじゅう<br>**20ドルです。**<br>nijuudoru desu<br>尼啾〜都魯 爹酥 |

### 換個單字念念看

| 一千日圓 | せんえん<br>**千円**<br>senen<br>誰恩耶恩 | 一杯 | いっぱい<br>**一杯**<br>ippai<br>伊〜趴伊 |
|---|---|---|---|
| 一萬日圓 | いちまんえん<br>**一万円**<br>ichimanen<br>伊七媽恩耶恩 | 兩支 | に ほん<br>**二本**<br>nihon<br>尼后恩 |
| 一個 | ひと<br>**一つ**<br>hitotsu<br>喝伊豆豬 | 一堆 | ひとやま<br>**一山**<br>hitoyama<br>喝伊豆呀媽 |
| 一張 | いちまい<br>**一枚**<br>ichimai<br>伊七媽伊 | 12個 | じゅうに こ<br>**12個**<br>juuniko<br>啾〜尼寇 |

| 句型 3 | 是很○○。 |

# 形容詞＋です。
desu
爹酥

| 很高。 | 高<ruby>高<rt>たか</rt></ruby>いです。<br>takai desu<br>它卡伊 爹酥 |
| 很冷。 | 寒<ruby>寒<rt>さむ</rt></ruby>いです。<br>samui desu<br>沙母伊 爹酥 |

## 換個單字念念看

| 好吃 | おいしい<br>oishii<br>歐伊西〜 | 快樂 | <ruby>楽<rt>たの</rt></ruby>しい<br>tanoshii<br>它諾西〜 |
| 冰冷 | <ruby>冷<rt>つめ</rt></ruby>たい<br>tsumetai<br>豬妹它伊 | 年輕 | <ruby>若<rt>わか</rt></ruby>い<br>wakai<br>哇卡伊 |
| 困難 | <ruby>難<rt>むずか</rt></ruby>しい<br>muzukashii<br>母茲卡西〜 | 黑暗 | <ruby>暗<rt>くら</rt></ruby>い<br>kurai<br>枯拉伊 |
| 危險 | <ruby>危<rt>あぶ</rt></ruby>ない<br>abunai<br>阿布那伊 | 快速 | <ruby>速<rt>はや</rt></ruby>い<br>hayai<br>哈呀伊 |

## 〜は〜です。

**句型 4**　○○是○○。

# 名詞＋は＋名詞＋です。
wa　　　　　　desu
哇　　　　　　爹酥

| 我是學生。 | わたし　がくせい<br>私は学生です。<br>watashi wa gakusee desu<br>哇它西 哇 嘎枯誰〜 爹酥 |
|---|---|
| 這是麵包。 | これはパンです。<br>kore wa pan desu<br>寇累 哇 趴恩 爹酥 |

### 換個單字念念看

| 父親 /<br>老師 | ちち　せんせい<br>父 / 先生<br>chichi / sensee<br>七七 / 誰恩誰〜 | 他 /<br>美國人 | かれ　　　　　じん<br>彼 / アメリカ人<br>kare / amerikajin<br>卡累 / 阿妹里卡基恩 |
|---|---|---|---|
| 姊姊 /<br>模特兒 | あね<br>姉 / モデル<br>ane / moderu<br>阿內 / 某爹魯 | 那是 /<br>大象 | ぞう<br>あれ / 象<br>are / zoo<br>阿累 / 宙〜 |
| 哥哥 /<br>上班族 | あに<br>兄 / サラリーマン<br>ani / sarariiman<br>阿尼 / 沙拉里〜媽恩 | 那是 /<br>椅子 | それ / いす<br>sore / isu<br>搜累 / 伊酥 |

～の～です。

| 句型 5 | ○○的○○。 |
|---|---|

# 名詞＋の＋名詞＋です。
no　　　　　　desu
諾　　　　　　爹酥

| 我的包包。 | わたし<br>私のかばんです。<br>watashi no kaban desu<br>哇它西 諾 卡拔恩 爹酥 |
|---|---|
| 日本車。 | に ほん　くるま<br>日本の車です。<br>nihon no kuruma desu<br>尼后恩 諾 枯魯媽 爹酥 |

## 換個單字念念看

| 妹妹 / 雨傘 | いもうと かさ<br>妹 / 傘<br>imooto / kasa<br>伊某～豆 / 卡沙 | 老公 /<br>電腦 | しゅじん<br>主人 / パソコン<br>shujin / pasokon<br>咻基恩 / 趴搜寇恩 |
|---|---|---|---|
| 姊姊 / 手帕 | あね<br>姉 / ハンカチ<br>ane / hankachi<br>阿內 / 哈恩卡七 | 義大利 /<br>鞋子 | く つ<br>イタリア / 靴<br>itaria / kutsu<br>伊它里阿 / 枯豬 |
| 老師 / 書 | せんせい ほん<br>先生 / 本<br>sensee / hon<br>誰恩誰～ / 后恩 | 法國 /<br>麵包 | フランス / パン<br>furansu / pan<br>夫拉恩酥 / 趴恩 |

～ですか。

Step
1
假名與發音

Step
2
寒暄一下

Step
3
基本句型

Step
4
說說自己

Step
5
旅遊日語

| 句型 6 | 是○○嗎？ |
|---|---|

## 名詞＋ですか。
desuka
爹酥卡

| 是日本人嗎？ | に ほんじん<br>日本人ですか。<br>nihonjin desuka<br>尼后恩基恩 爹酥卡 |
|---|---|
| 哪一位？ | どなたですか。<br>donata desuka<br>都那它 爹酥卡 |

### 換個單字念念看

| 台灣人 | タイワンじん<br>台湾人<br>taiwanjin<br>它伊哇恩基恩 | 英國人 | じん<br>イギリス人<br>igirisujin<br>伊哥伊里酥基恩 |
|---|---|---|---|
| 中國人 | ちゅうごくじん<br>中国人<br>chuugokujin<br>七烏～勾枯基恩 | 義大利人 | じん<br>イタリア人<br>itariajin<br>伊它里阿基恩 |
| 美國人 | じん<br>アメリカ人<br>amerikajin<br>阿妹里卡基恩 | 韓國人 | かんこくじん<br>韓国人<br>kankokujin<br>卡恩寇枯基恩 |
| 泰國人 | じん<br>タイ人<br>taijin<br>它伊基恩 | 印度人 | じん<br>インド人<br>indojin<br>伊恩都基恩 |

29

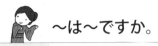 ～は～ですか。

**句型 7** ○○是○○嗎？

# 名詞＋は＋名詞＋ですか。
**wa** — 哇　　**desuka** — 爹酥卡

| 那是廁所嗎？ | トイレはあれですか。<br>toire wa are desuka<br>豆伊累 哇 阿累 爹酥卡 |
|---|---|
| 這裡是車站嗎？ | <ruby>駅<rt>えき</rt></ruby>はここですか。<br>eki wa koko desuka<br>耶克伊 哇 寇寇 爹酥卡 |

## 換個單字念念看

| | | | |
|---|---|---|---|
| 出口 / 那裡 | <ruby>出口<rt>で ぐち</rt></ruby> / あそこ<br>deguchi / asoko<br>爹估七 / 阿搜寇 | 寺廟 / 那裡 | <ruby>お寺<rt>てら</rt></ruby> / そこ<br>otera / soko<br>歐貼拉 / 搜寇 |
| 國籍 / 哪裡 | <ruby>国<rt>くに</rt></ruby> / どこ<br>kuni / doko<br>枯尼 / 都寇 | 開關 / 那個 | スイッチ / あれ<br>suicchi / are<br>酥伊ㄟ七 / 阿累 |
| 籍貫,畢業 / 哪裡 | <ruby>ご出身<rt>しゅっしん</rt></ruby> / どちら<br>goshusshin / dochira<br>勾咻ㄟ西恩 / 都七拉 | 緊急出入口/ 這裡 | <ruby>非常口<rt>ひ じょうぐち</rt></ruby> / ここ<br>hijooguchi / koko<br>喝伊久ㄟ估七 / 寇寇 |

## 〜は〜ですか。

| 句型 8 | ○○嗎？ |
|---|---|

# 名詞＋は＋形容詞＋ですか。
**wa** 哇　**desuka** 爹酥卡

| 這裡痛嗎？ | ここは<ruby>痛<rt>いた</rt></ruby>いですか。<br>koko wa itai desuka<br>寇寇 哇 伊它伊 爹酥卡 |
|---|---|
| 車站遠嗎？ | <ruby>駅<rt>えき</rt></ruby>は<ruby>遠<rt>とお</rt></ruby>いですか。<br>eki wa tooi desuka<br>耶克伊 哇 豆〜伊 爹酥卡 |

## 換個單字念念看

| 北海道／寒冷 | <ruby>北海道<rt>ほっかいどう</rt></ruby>／<ruby>寒<rt>さむ</rt></ruby>い<br>hokkaidoo / samui<br>后〜卡伊都〜／沙母伊 | 價錢／貴 | <ruby>値段<rt>ねだん</rt></ruby>／<ruby>高<rt>たか</rt></ruby>い<br>nedan / takai<br>內答恩／它卡伊 |
|---|---|---|---|
| 老師／年輕 | <ruby>先生<rt>せんせい</rt></ruby>／<ruby>若<rt>わか</rt></ruby>い<br>sensee / wakai<br>誰恩誰〜／哇卡伊 | 房間／整潔 | <ruby>部屋<rt>へや</rt></ruby>／きれい<br>heya / kiree<br>黑呀／克伊累〜 |
| 這個／好吃 | これ／おいしい<br>kore / oishii<br>寇累／歐伊西〜 | 皮包／耐用 | かばん／<ruby>丈夫<rt>じょうぶ</rt></ruby><br>kaban / joobu<br>卡拔恩／久〜布 |

句型 9　不是○○。

# 名詞＋ではありません。
**dewa arimasen**
爹哇 阿里媽誰恩

| | |
|---|---|
| 不是義大利人。 | イタリア人（じん）ではありません。<br>itariajin dewa arimasen<br>伊它里阿基恩 爹哇 阿里媽誰恩 |
| 不是字典。 | 辞書（じしょ）ではありません。<br>jisho dewa arimasen<br>基休 爹哇 阿里媽誰恩 |

---

**換個單字念念看**

| | | | | |
|---|---|---|---|---|
| 河川 | 川（かわ）<br>kawa<br>卡哇 | 煙灰缸 | 灰皿（はいざら）<br>haizara<br>哈伊雜拉 |
| 派出所 | 交番（こうばん）<br>kooban<br>寇〜拔恩 | 冰箱 | 冷蔵庫（れいぞうこ）<br>reezooko<br>累〜宙〜寇 |
| 公車 | バス<br>basu<br>拔酥 | 電話 | 電話（でんわ）<br>denwa<br>爹恩哇 |
| 紅茶 | 紅茶（こうちゃ）<br>koocha<br>寇〜洽 | 狗 | 犬（いぬ）<br>inu<br>伊奴 |

～ですね。

| 句型 10 | ○○喔！ |
|---|---|

# 形容詞＋ですね。
### desune
### 爹酥內

| | |
|---|---|
| 好熱喔！ | あつ<br>**暑いですね。**<br>atsui desune<br>阿豬伊 爹酥內 |
| 好冷喔！ | さむ<br>**寒いですね。**<br>samui desune<br>沙母伊 爹酥內 |

## 換個單字念念看

| | | | |
|---|---|---|---|
| 甜的 | あま<br>**甘い**<br>amai<br>阿媽伊 | 新的 | あたら<br>**新しい**<br>atarashii<br>阿它拉西～ |
| 苦的 | にが<br>**苦い**<br>nigai<br>尼嘎伊 | 安全 | あんぜん<br>**安全**<br>anzen<br>阿恩賊恩 |
| 有趣的 | おもしろ<br>**面白い**<br>omoshiroi<br>歐某西落伊 | 耐用 | じょう ぶ<br>**丈夫**<br>joobu<br>久～布 |
| 古老的 | ふる<br>**古い**<br>furui<br>夫魯伊 | 方便 | べん り<br>**便利**<br>benri<br>貝恩里 |

| 句型 11 | ○○喔！ |

# 形容詞＋名詞＋ですね。
### desune
### 爹酥內

| 好漂亮的人喔！ | きれいな人（ひと）ですね。<br>kiree na hito desune<br>克伊累〜 那 喝伊豆 爹酥內 |
| 好棒的建築物喔！ | 素敵（すてき）な建物（たてもの）ですね。<br>suteki na tatemono desune<br>酥貼克伊 那 它貼某諾 爹酥內 |

---

### 換個單字念念看

| 好的 / 天氣 | いい / 天気（てんき）<br>ii / tenki<br>伊〜 / 貼恩克伊 | 好的 / 位子 | いい / 席（せき）<br>ii / seki<br>伊〜 / 誰克伊 |
| 難的 / 問題 | 難（むずか）しい / 問題（もんだい）<br>muzukashii / mondai<br>母茲卡西〜 / 某恩答伊 | 有趣的 /<br>比賽 | 面白（おもしろ）い / 試合（しあい）<br>omoshiroi / shiai<br>歐某西落伊 / 西阿伊 |
| 重的 / 行李 | 重（おも）い / 荷物（にもつ）<br>omoi / nimotsu<br>歐某伊 / 尼某豬 | 好吃的 / 店 | おいしい / 店（みせ）<br>oishii / mise<br>歐伊西〜 / 咪誰 |

～でしょう。

句型 12　○○吧！

# 名詞＋でしょう。
deshoo
爹休～

| 是晴天吧！ | 晴れでしょう。<br>hare deshoo<br>哈累 爹休～ |
| 是陰天吧！ | 曇りでしょう。<br>kumori deshoo<br>枯某里 爹休～ |

## 換個單字念念看

| 雨 | あめ<br>雨<br>ame<br>阿妹 | 打雷 | かみなり<br>雷<br>kaminari<br>卡咪那里 |
| 雪 | ゆき<br>雪<br>yuki<br>尤克伊 | 星期五 | きんよう び<br>金曜日<br>kinyoobi<br>克伊恩悠～逼 |
| 風 | かぜ<br>風<br>kaze<br>卡賊 | 今晚 | こんばん<br>今晚<br>konban<br>寇恩拔恩 |
| 颱風 | たいふう<br>台風<br>taifuu<br>它伊夫～ | 兩個 | ふた<br>二つ<br>futatsu<br>夫它豬 |

 〜ます。

句型 13　　○○。

# 名詞＋ます。
**masu**
媽酥

| | |
|---|---|
| 吃飯。 | ## ご飯を食べます。<br>gohan o tabemasu<br>勾哈恩 歐 它貝媽酥 |
| 抽煙。 | ## タバコを吸います。<br>tabako o suimasu<br>它拔寇 歐 酥伊媽酥 |

換個單字念念看

| | | | |
|---|---|---|---|
| 聽音樂 | ## 音楽を聞き<br>ongaku o kiki<br>歐恩嘎枯 歐 克伊克伊 | 說英語 | ## 英語を話し<br>eego o hanashi<br>耶〜勾 歐 哈那西 |
| 在天空飛 | ## 空を飛び<br>sora o tobi<br>搜拉 歐 豆逼 | 拍照 | ## 写真を撮り<br>shashin o tori<br>蝦西恩 歐 豆里 |
| 學日語 | ## 日本語を勉強し<br>nihongo o benkyooshi<br>尼后恩勾 歐 貝恩卡悠〜西 | 開花 | ## 花が咲き<br>hana ga saki<br>哈那 嘎 沙克伊 |

## ～から来ました。

| 句型 14 | 從○○來。 |
|---|---|

# 名詞＋から来ました。
**kara kimasita**
卡拉 克伊媽西它

| 從台灣來。 | 台湾から来ました。<br>taiwan kara kimashita<br>它伊哇恩 卡拉 克伊媽西它 |
|---|---|
| 從美國來。 | アメリカから来ました。<br>amerika kara kimashita<br>阿妹里卡 卡拉 克伊媽西它 |

### 換個單字念念看

| 中國 | 中国<br>chuugoku<br>七烏～勾枯 | 越南 | ベトナム<br>betonamu<br>貝豆那母 |
|---|---|---|---|
| 英國 | イギリス<br>igirisu<br>伊哥伊里酥 | 德國 | ドイツ<br>doitsu<br>都伊豬 |
| 法國 | フランス<br>furansu<br>夫拉恩酥 | 義大利 | イタリア<br>itaria<br>伊它里阿 |
| 印度 | インド<br>indo<br>伊恩都 | 加拿大 | カナダ<br>kanada<br>卡那答 |

| 句型 15 | ○○吧！ |

# 名詞＋ましょう。
**mashoo**
媽休～

| 打電動玩具吧！ | ゲームをしましょう。<br>geemu o shimashoo<br>給～母 歐 西媽休～ |
| 來看電影吧！ | えい が　 み<br>映画を見ましょう。<br>eega o mimashoo<br>耶～嘎 歐 咪媽休～ |

## 換個單字念念看

| 下象棋 | しょう ぎ<br>将棋をし<br>shoogi o shi<br>休～哥伊 歐 西 | 去買東西 | か　 もの　 い<br>買い物に行き<br>kaimono ni iki<br>卡伊某諾 尼 伊克伊 |
| 打撲克牌 | トランプをし<br>toranpu o shi<br>豆拉恩撲 歐 西 | 唱歌 | うた　 うた<br>歌を歌い<br>uta o utai<br>烏它 歐 烏它伊 |
| 打網球 | テニスをし<br>tenisu o shi<br>貼尼酥 歐 西 | 跑到公園 | こうえん　　　 はし<br>公園まで走り<br>kooen made hashiri<br>寇～耶恩 媽爹 哈西里 |

～をください。

句型 16　給我○○。

# 名詞＋をください。
**o　kudasai**
歐　枯答沙伊

| | |
|---|---|
| 請給我牛肉。 | ビーフをください。<br>biifu o kudasai<br>逼～夫 歐 枯答沙伊  |
| 給我這個。 | これをください。<br>kore o kudasai<br>寇累 歐 枯答沙伊 |

## 換個單字念念看

| | | | |
|---|---|---|---|
| 地圖 | 地図（ちず）<br>chizu<br>七茲 | 咖啡 | コーヒー<br>koohii<br>寇～喝伊～ |
| 雜誌 | 雑誌（ざっし）<br>zasshi<br>雜～西 | 葡萄酒 | ワイン<br>wain<br>哇伊恩 |
| 雨傘 | 傘（かさ）<br>kasa<br>卡沙 | 壽司 | 寿司（すし）<br>sushi<br>酥西 |
| 毛衣 | セーター<br>seetaa<br>誰～它～ | 拉麵 | ラーメン<br>raamen<br>拉～妹恩 |

| 句型 17 | 給我○○。 |

# 數量＋ください。
**kudasai**
枯答沙伊

| 給我一個。 | ひと<br>**一つください。**<br>hitotsu kudasai<br>喝伊豆豬 枯答沙伊 |
| 給我一堆。 | ひとやま<br>**一山ください。**<br>hitoyama kudasai<br>喝伊豆呀媽 枯答沙伊 |

### 換個單字念念看

| 一支 | いっぽん<br>**一本**<br>ippon<br>伊ㄟ剖恩 | 一人份 | いちにんまえ<br>**一人前**<br>ichininmae<br>伊七尼恩媽耶 |
| 兩張 | に まい<br>**二枚**<br>nimai<br>尼媽伊 | 一箱 | ひとはこ<br>**一箱**<br>hitohako<br>喝伊豆哈寇 |
| 三本 | さんさつ<br>**三冊**<br>sansatsu<br>沙恩沙豬 | 一袋 | ひとふくろ<br>**一袋**<br>hitofukuro<br>喝伊豆夫枯落 |
| 一個 | いっ こ<br>**一個**<br>ikko<br>伊ㄟ寇 | 一盒 | **ワンパック**<br>wanpakku<br>哇恩趴ㄟ枯 |

# ～を～ください。

**句型 18** 給我○○。

# 名詞＋を＋數量＋ください。
o　　　　　　kudasai
歐　　　　　　枯答沙伊

| 給我一個披薩。 | ピザを一つ（ひと）ください。<br>piza o hitotsu kudasai<br>披雜 歐 喝伊豆豬 枯答沙伊 |
|---|---|

| 給我兩張票。 | 切符（きっぷ）を２枚（まい）ください。<br>kippu o nimai kudasai<br>克伊～撲 歐 尼媽伊 枯答沙伊 |
|---|---|

## 換個單字念念看

| 一杯／<br>啤酒 | ビール／一杯（いっぱい）<br>biiru / ippai<br>逼～魯／伊～趴伊 | 兩人份／<br>生魚片 | 刺身（さしみ）／二人前（ににんまえ）<br>sashimi / nininmae<br>沙西咪／尼尼恩媽耶 |
|---|---|---|---|
| 兩個／<br>水餃 | ギョーザ／ふたつ<br>gyooza / futatsu<br>克悠～雜／夫它豬 | 一串／<br>香蕉 | バナナ／一房（ひとふさ）<br>banana / hitofusa<br>拔那那／喝伊豆夫沙 |
| 兩條／<br>毛巾 | タオル／二枚（にまい）<br>taoru / nimai<br>它歐魯／尼媽伊 | 一條／<br>香煙 | タバコ／ワンカートン<br>tabako / wankaaton<br>它拔寇／哇恩卡～豆恩 |

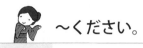

| 句型 19 | 給我○○。 |

# 動詞＋ください。
kudasai
枯答沙伊

| 拿給我看一下。 | <ruby>見<rt>み</rt></ruby>せてください。<br>misete kudasai<br>咪誰貼 枯答沙伊 |
| 請告訴我。 | <ruby>教<rt>おし</rt></ruby>えてください。<br>oshiete kudasai<br>歐西耶貼 枯答沙伊 |

## 換個單字念念看

| 等一下 | <ruby>待<rt>ま</rt></ruby>って<br>matte<br>媽ㄟ貼 | 借過一下 | <ruby>通<rt>とお</rt></ruby>して<br>tooshite<br>豆～西貼 |
| 叫一下 | <ruby>呼<rt>よ</rt></ruby>んで<br>yonde<br>悠恩爹 | 開 | <ruby>開<rt>あ</rt></ruby>けて<br>akete<br>阿克耶貼 |
| 喝 | <ruby>飲<rt>の</rt></ruby>んで<br>nonde<br>諾恩爹 | 借看一下 | <ruby>見<rt>み</rt></ruby>せて<br>misete<br>咪誰貼 |
| 寫 | <ruby>書<rt>か</rt></ruby>いて<br>kaite<br>卡伊貼 | 說 | <ruby>言<rt>い</rt></ruby>って<br>itte<br>伊ㄟ貼 |

## ～を～ください。

| 句型 20 | 請○○。 |
|---|---|

# 名詞＋を(で…)＋動詞＋ください。
### o (de) kudasai
### 歐 （爹） 枯答沙伊

| 請換房間。 | 部屋を変えてください。<br>heya o kaete kudasai<br>黑呀 歐 卡耶貼 枯答沙伊 |
|---|---|

| 請叫警察。 | 警察を呼んでください。<br>keesatsu o yonde kudasai<br>克耶～沙豬 歐 悠恩爹 枯答沙伊 |
|---|---|

## 換個單字念念看

| 打掃／<br>房間 | 部屋を／掃除して<br>heya o / soojishite<br>黑呀 歐／搜～基西貼 | 向右／轉 | 右に／曲がって<br>migi ni / magatte<br>咪哥伊 尼／媽嘎ㄟ貼 |
|---|---|---|---|
| 說明／<br>這個 | これを／説明して<br>kore o / setsumeeshite<br>寇累 歐／誰豬妹～西貼 | 用漢字／<br>寫 | 漢字で／書いて<br>kanji de / kaite<br>卡恩基 爹／卡伊貼 |
| 脫／<br>外套 | コートを／脱いで<br>kooto o / nuide<br>寇～豆 歐／奴伊爹 | 在那裡／<br>停車 | そこで／止まって<br>soko de / tomatte<br>搜寇 爹／豆媽ㄟ貼 |

句型 21　請○○。

# 形容詞＋動詞＋ください。
**kudasai**
枯答沙伊

| 請趕快起床。 | 早く起きてください。<br>hayaku okite kudasai<br>哈呀枯 歐克伊貼 枯答沙伊 |
|---|---|
| 請打掃乾淨。 | きれいに掃除してください。<br>kiree ni soojishite kudasai<br>克伊累～ 尼 搜～基西貼 枯答沙伊 |

## 換個單字念念看

| 簡單/<br>說明 | やさしく/説明して<br>yasashiku / setsumeeshite<br>呀沙西枯 / 誰豬妹～西貼 | 賣/便宜 | 安く/売って<br>yasuku / utte<br>呀酥枯 / 烏へ貼 |
|---|---|---|---|
| 切/<br>小塊 | 小さく/切って<br>chiisaku / kitte<br>七～沙枯 / 克伊へ貼 | 當一位/<br>偉大的人 | 立派に/なって<br>rippa ni / natte<br>里へ趴 尼 / 那へ貼 |
| 縮短/<br>長度 | 短く/つめて<br>mijikaku / tsumete<br>咪基卡枯 / 豬妹貼 | 安靜/走路 | 静かに/歩いて<br>shizuka ni / aruite<br>西茲卡 尼 / 阿魯伊貼 |

## ～してください。

**句型 22** 請弄○○。

# 形容詞＋してください。
### shite kudasai
西貼 枯答沙伊

| | |
|---|---|
| 請算便宜一點。 | <ruby>安<rt>やす</rt></ruby>くしてください。<br>yasuku shite kudasai<br>呀酥枯 西貼 枯答沙伊 |
| 請快一點。 | <ruby>早<rt>はや</rt></ruby>くしてください。<br>hayaku shite kudasai<br>哈呀枯 西貼 枯答沙伊 |

### 換個單字念念看

| | | | |
|---|---|---|---|
| 亮 | <ruby>明<rt>あか</rt></ruby>るく<br>akaruku<br>阿卡魯枯 | 可愛 | <ruby>可愛<rt>かわい</rt></ruby>く<br>kawaiku<br>卡哇伊枯 |
| 大 | <ruby>大<rt>おお</rt></ruby>きく<br>ookiku<br>歐〜克伊枯 | 涼 | <ruby>涼<rt>すず</rt></ruby>しく<br>suzushiku<br>酥茲西枯 |
| 暖和 | <ruby>暖<rt>あたた</rt></ruby>かく<br>atatakaku<br>阿它它卡枯 | 乾淨 | きれいに<br>kiree ni<br>克伊累〜尼 |
| 短 | <ruby>短<rt>みじか</rt></ruby>く<br>mijikaku<br>咪基卡枯 | 安靜 | <ruby>静<rt>しず</rt></ruby>かに<br>shizuka ni<br>西茲卡 尼 |

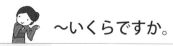
句型 23　○○多少錢？

# 名詞＋いくらですか。
**ikura desuka**
伊枯拉 爹酥卡

| | |
|---|---|
| 這個多少錢？ | これ、いくらですか。<br>kore ikura desuka<br>寇累 伊枯拉 爹酥卡 |
| 大人要多少錢？ | 大人（おとな）、いくらですか。<br>otona ikura desuka<br>歐豆那 伊枯拉 爹酥卡 |

## 換個單字念念看

| 帽子 | 帽子（ぼうし）<br>booshi<br>剝〜西 | 耳環 | イヤリング<br>iyaringu<br>伊呀里恩估 |
|---|---|---|---|
| 絲巾 | スカーフ<br>sukaafu<br>酥卡〜夫 | 戒指 | 指輪（ゆびわ）<br>yubiwa<br>尤逼哇 |
| 唱片 | レコード<br>rekoodo<br>累寇〜都 | 太陽眼鏡 | サングラス<br>sangurasu<br>沙恩估拉酥 |
| 領帶 | ネクタイ<br>nekutai<br>內枯它伊 | 比基尼 | ビキニ<br>bikini<br>逼克伊尼 |

| 句型 24 | ○○多少錢？ |
|---|---|

# 数量＋いくらですか。
**ikura desuka**
伊枯拉 爹酥卡

| 一個多少錢？ | 一<sup>ひと</sup>つ、いくらですか。<br>hitotsu ikura desuka<br>喝伊豆豬 伊枯拉 爹酥卡 |
|---|---|
| 一個小時多少錢？ | 一時間<sup>いち じ かん</sup>、いくらですか。<br>ichijikan ikura desuka<br>伊七基卡恩 伊枯拉 爹酥卡 |

## 換個單字念念看

| 一套 | 一着<sup>いっちゃく</sup><br>icchaku<br>伊ㄟ洽枯 | 一束<br>（一把） | 一束<sup>ひとたば</sup><br>hitotaba<br>喝伊豆它拔 |
|---|---|---|---|
| 一隻 | 一匹<sup>いっぴき</sup><br>ippiki<br>伊ㄟ披克伊 | 一雙 | 一足<sup>いっそく</sup><br>issoku<br>伊ㄟ搜枯 |
| 一袋 | 一袋<sup>ひとふくろ</sup><br>hitofukuro<br>喝伊豆夫枯落 | 一套 | ワンセット<br>wansetto<br>哇恩誰ㄟ豆 |
| 一台 | 一台<sup>いちだい</sup><br>ichidai<br>伊七答伊 | 一盒 | ワンパック<br>wanpakku<br>哇恩趴ㄟ枯 |

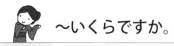
| 句型 25 | ○○多少錢？ |
|---|---|

# 名詞＋数量＋いくらですか。
**ikura desuka**
伊枯拉 爹酥卡

| 這個一個多少錢？ | これ、一（ひと）ついくらですか。<br>kore, hitotsu ikura desuka<br>寇累, 喝伊豆豬 伊枯拉 爹酥卡 |
|---|---|
| 生魚片一人份多少錢？ | 刺身（さしみ）、一人前（いちにんまえ）いくらですか。<br>sashimi, ichininmae ikura desuka<br>沙西咪, 伊七尼恩媽耶 伊枯拉 爹酥卡 |

## 換個單字念念看

| 鞋／一雙 | くつ／一足（いっそく）<br>kutsu / issoku<br>枯豬／伊へ搜枯 | （洋）蔥／一把 | ねぎ／一束（ひとたば）<br>negi / hitotaba<br>內哥伊／喝伊豆它拔 |
|---|---|---|---|
| 蛋／一盒 | たまご／ワンパック<br>tamago / wanpakku<br>它媽勾／哇恩趴へ枯 | 狗／一隻 | 犬（いぬ）／一匹（いっぴき）<br>inu / ippiki<br>伊奴／伊へ披克伊 |
| 手套／一雙 | 手袋（てぶくろ）／一組（ひとくみ）<br>tebukuro / hitokumi<br>貼布枯落／喝伊豆枯咪 | 相機／一台 | カメラ／一台（いちだい）<br>kamera / ichidai<br>卡妹拉／伊七答伊 |

句型 26　有〇〇嗎？

# 名詞＋はありますか。
**wa arimasuka**
哇 阿里媽酥卡

| | |
|---|---|
| 有報紙嗎？ | <ruby>新聞<rt>しんぶん</rt></ruby>はありますか。<br>shinbun wa arimasuka<br>西恩布恩 哇 阿里媽酥卡 |
| 有位子嗎？ | <ruby>席<rt>せき</rt></ruby>はありますか。<br>seki wa arimasuka<br>誰克伊 哇 阿里媽酥卡 |

## 換個單字念念看

| | | | |
|---|---|---|---|
| 電視 | テレビ<br>terebi<br>貼累逼 | 保險箱 | <ruby>金庫<rt>きんこ</rt></ruby><br>kinko<br>克伊恩寇 |
| 冰箱 | <ruby>冷蔵庫<rt>れいぞうこ</rt></ruby><br>reezooko<br>累〜宙〜寇 | 游泳池 | プール<br>puuru<br>撲〜魯 |
| 傳真 | ファックス<br>fakkusu<br>發〜枯酥 | 熨斗 | アイロン<br>airon<br>阿伊落恩 |
| 健身房 | ジム<br>jimu<br>基母 | 衛星節目 | <ruby>衛星放送<rt>えいせいほうそう</rt></ruby><br>eeseehoosoo<br>耶〜誰〜后〜搜〜 |

〜はありますか。

| 句型 **27** | 有○○嗎？ |
|---|---|

# 場所＋はありますか。
**wa arimasuka**
哇 阿里媽酥卡

| 有郵局嗎？ | ゆうびんきょく<br>**郵便局はありますか。**<br>yuubinkyoku wa arimasuka<br>尤〜逼恩卡悠枯 哇 阿里媽酥卡 |
|---|---|
| 有大眾澡堂嗎？ | せんとう<br>**銭湯はありますか。**<br>sentoo wa arimasuka<br>誰恩豆〜 哇 阿里媽酥卡 |

## 換個單字念念看

| 電影院 | えいがかん<br>**映画館**<br>eegakan<br>耶〜嘎卡恩 | 滑雪場 | じょう<br>**スキー場**<br>sukiijoo<br>酥克伊〜久〜 |
|---|---|---|---|
| 公園 | こうえん<br>**公園**<br>kooen<br>寇〜耶恩 | 飯店 | **ホテル**<br>hoteru<br>后貼魯 |
| 庭園 | ていえん<br>**庭園**<br>teeen<br>貼〜耶恩 | 民宿 | みんしゅく<br>**民宿**<br>minshuku<br>咪恩咻枯 |
| 美術館 | びじゅつかん<br>**美術館**<br>bijutsukan<br>逼啾豬卡恩 | 旅館 | りょかん<br>**旅館**<br>ryokan<br>溜卡恩 |

〜はありますか。　Track ◎ **40**

Step **1** 假名與發音

Step **2** 寒暄一下

Step **3** 基本句型

Step **4** 說說自己

Step **5** 旅遊日語

句型 **28**　有○○嗎？

# 形容詞＋名詞＋はありますか。
## wa arimasuka
哇 阿里媽酥卡

| | |
|---|---|
| 有便宜的位子嗎？ | 安い席はありますか。<br>yasui seki wa arimasuka<br>呀酥伊 誰克伊 哇 阿里媽酥卡 |
| 有紅色的裙子嗎？ | 赤いスカートはありますか。<br>akai sukaato wa arimasuka<br>阿卡伊 酥卡～豆 哇 阿里媽酥卡 |

## 換個單字念念看

| | | | | |
|---|---|---|---|---|
| 大的 /<br>房間 | 大きい / 部屋<br>ookii / heya<br>歐～克伊～ / 黑呀 | 黑色 /<br>高跟鞋 | 黒い / ハイヒール<br>kuroi / haihiiru<br>枯落伊 / 哈伊喝伊～魯 |
| 便宜的 /<br>旅館 | 安い / 旅館<br>yasui / ryokan<br>呀酥伊 / 溜卡恩 | 白色 /<br>連身裙 | 白い / ワンピース<br>shiroi / wanpiisu<br>西落伊 / 哇恩披～酥 |
| 古老的 /<br>神社 | 古い / 神社<br>furui / jinja<br>夫魯伊 / 基恩甲 | 可愛 /<br>內衣 | 可愛い / 下着<br>kawaii / shitagi<br>卡哇伊～ / 西它哥伊 |

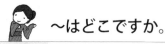 

句型 29　○○在哪裡？

# 場所＋はどこですか。
**wa doko desuka**
哇 都寇 爹酥卡

| | |
|---|---|
| 廁所在哪裡？ | **トイレはどこですか。**<br>toire wa doko desuka<br>豆伊累 哇 都寇 爹酥卡 |
| 便利商店在哪裡？ | **コンビニはどこですか。**<br>konbini wa doko desuka<br>寇恩逼尼 哇 都寇 爹酥卡 |

## 換個單字念念看

| | | | |
|---|---|---|---|
| 百貨 | **デパート**<br>depaato<br>爹趴～豆 | 棒球場 | や きゅうじょう<br>**野球場**<br>yakyuujoo<br>呀卡伊鳥～久～ |
| 超市 | **スーパー**<br>suupaa<br>酥～趴～ | 劇場 | げきじょう<br>**劇場**<br>gekijoo<br>給克伊久～ |
| 水族館 | すいぞくかん<br>**水族館**<br>suizokukan<br>酥伊宙枯卡恩 | 遊樂園 | ゆうえんち<br>**遊園地**<br>yuuenchi<br>尤～耶恩七 |
| 名產店 | み やげもの や<br>**土産物屋**<br>miyagemonoya<br>咪呀給某諾呀 | 美容院 | び ょういん<br>**美容院**<br>biyooin<br>逼悠～伊恩 |

〜をお願いします。

Track ◎ **42**

Step **1** 假名與發音

Step **2** 寒暄一下

Step **3** 基本句型

Step **4** 說說自己

Step **5** 旅遊日語

| 句型 30 | 麻煩○○。 |
| --- | --- |

# 名詞＋をお願いします。
### o onegai shimasu
歐 歐內嘎伊 西媽酥

---

| 麻煩給我行李。 | 荷物をお願いします。<br>nimotsu o onegai shimasu<br>尼某豬 歐 歐內嘎伊 西媽酥 |
| --- | --- |

| 麻煩結帳。 | お勘定をお願いします。<br>okanjoo o onegai shimasu<br>歐卡恩久〜 歐 歐內嘎伊 西媽酥 |
| --- | --- |

---

## 換個單字念念看

| 洗衣 | 洗濯物<br>sentakumono<br>誰恩它枯某諾 | 住宿登記 | チェックイン<br>chekkuin<br>切〜枯伊恩 |
| --- | --- | --- | --- |
| 點菜 | 注文<br>chuumon<br>七烏〜某恩 | 收據 | 領収書<br>ryooshuusho<br>溜〜咻〜休 |
| 兌幣 | 両替<br>ryoogae<br>溜〜嘎耶 | 一張 | 一枚<br>ichimai<br>伊七媽伊 |
| 客房服務 | ルームサービス<br>ruumusaabisu<br>魯〜母沙〜逼酥 | 預約 | 予約<br>yoyaku<br>悠呀枯 |

句型 31 麻煩用○○。

# 名詞＋でお願<sub>ねが</sub>いします。
## de onegai shimasu
爹 歐內嘎伊 西媽酥

| 麻煩空運。 | 航空便<sub>こうくうびん</sub>でお願<sub>ねが</sub>いします。<br>kookuubin de onegai shimasu<br>寇〜枯〜逼恩 爹 歐內嘎伊 西媽酥 |
|---|---|
| 我要用信用卡付款。 | カードでお願<sub>ねが</sub>いします。<br>kaado de onegai shimasu<br>卡〜都 爹 歐內嘎伊 西媽酥 |

## 換個單字念念看

| 海運 | 船便<sub>ふなびん</sub><br>funabin<br>夫那逼恩 | 一次付清 | 一括<sub>いっかつ</sub><br>ikkatsu<br>伊〜卡豬 |
|---|---|---|---|
| 限時 | 速達<sub>そくたつ</sub><br>sokutatsu<br>搜枯它豬 | 分開計算 | 別々<sub>べつべつ</sub><br>betsubetsu<br>貝豬貝豬 |
| 掛號 | 書留<sub>かきとめ</sub><br>kakitome<br>卡克伊豆妹 | 飯前 | 食前<sub>しょくぜん</sub><br>shokuzen<br>休枯賊恩 |
| 包裹 | 小包<sub>こづつみ</sub><br>kozutsumi<br>寇茲豬咪 | 飯後 | 食後<sub>しょくご</sub><br>shokugo<br>休枯勾 |

~までお願い<sup>ねが</sup>します。　　Track ◎ **44**

| 句型 32 | 麻煩載我到○○。 |
|---|---|

## 場所＋までお願<sup>ねが</sup>いします。

made onegai shimasu

媽爹 歐內嘎伊 西媽酥

| | |
|---|---|
| 請到車站。 | 駅<sup>えき</sup>までお願<sup>ねが</sup>いします。<br>eki made onegai shimasu<br>耶克伊 媽爹 歐內嘎伊 西媽酥 |
| 請到飯店。 | ホテルまでお願<sup>ねが</sup>いします。<br>hoteru made onegai shimasu<br>后貼魯 媽爹 歐內嘎伊 西媽酥 |

### 換個單字念念看

| | | | |
|---|---|---|---|
| 郵局 | 郵便局<sup>ゆうびんきょく</sup><br>yuubinkyoku<br>尤～逼恩卡悠枯 | 圖書館 | 図書館<sup>としょかん</sup><br>toshokan<br>豆休卡恩 |
| 銀行 | 銀行<sup>ぎんこう</sup><br>ginkoo<br>哥伊恩寇～ | 電影院 | 映画館<sup>えいがかん</sup><br>eegakan<br>耶～嘎卡恩 |
| 區公所 | 区役所<sup>くやくしょ</sup><br>kuyakusho<br>枯呀枯休 | 百貨公司 | デパート<br>depaato<br>爹趴～豆 |
| 公園 | 公園<sup>こうえん</sup><br>kooen<br>寇～耶恩 | 這裡 | ここ<br>koko<br>寇寇 |

句型 33　請給我○○。

# 名詞＋數量＋お願（ねが）いします。
onegai shimasu
歐內嘎伊 西媽酥

| 請給我成人票一張。 | 大人（おとな）一枚（いちまい）お願（ねが）いします。<br>otona ichimai onegai shimasu<br>歐豆那 伊七媽伊 歐內嘎伊 西媽酥 |
|---|---|

| 請給我一瓶啤酒。 | ビール一本（いっぽん）お願（ねが）いします。<br>biiru ippon onegai shimasu<br>逼〜魯 伊〜剖恩 歐內嘎伊 西媽酥 |
|---|---|

---

換個單字念念看

| | | | |
|---|---|---|---|
| 玫瑰 / 兩朵 | バラ / 二本（にほん）<br>bara / nihon<br>拔拉 / 尼后恩 | 襯衫 / 一件 | シャツ / 一枚（いちまい）<br>shatsu / ichimai<br>蝦豬 / 伊七媽伊 |
| 筆記 / 三本 | ノート / 三冊（さんさつ）<br>nooto / sansatsu<br>諾〜豆 / 沙恩沙豬 | 套裝 / 一套 | スーツ / 一着（いっちゃく）<br>suutsu / icchaku<br>酥〜豬 / 伊〜洽枯 |
| 魚 / 兩條 | 魚（さかな） / 二匹（にひき）<br>sakana / nihiki<br>沙卡那 / 尼喝伊克伊 | 相機 / 一台 | カメラ / 一台（いちだい）<br>kamera / ichidai<br>卡妹拉 / 伊七答伊 |

～はどうですか。

Track ◎ **46**

Step **1** 假名與發音

Step **2** 寒暄一下

Step **3** 基本句型

Step **4** 說說自己

Step **5** 旅遊日語

| 句型 34 | ○○如何？ |

## 名詞＋はどうですか。
**wa doo desuka**
哇 都～ 爹酥卡

| 烤肉如何？ | 焼肉はどうですか。<br>やきにく<br>yakiniku wa doo desuka<br>呀克伊尼枯 哇 都～ 爹酥卡 |
| 旅行怎麼樣？ | 旅行はどうですか。<br>りょこう<br>ryokoo wa doo desuka<br>溜寇～ 哇 都～ 爹酥卡 |

### 換個單字念念看

| 領帶 | ネクタイ<br>nekutai<br>內枯它伊 | 壽司 | 寿司<br>す し<br>sushi<br>酥西 |
| 電車 | 電車<br>でんしゃ<br>densha<br>爹恩蝦 | 關東煮 | おでん<br>oden<br>歐爹恩 |
| 計程車 | タクシー<br>takushii<br>它枯西～ | 星期天 | 日曜日<br>にちよう び<br>nichiyoobi<br>尼七悠～逼 |
| 夏威夷 | ハワイ<br>hawai<br>哈哇伊 | 天氣 | 天気<br>てん き<br>tenki<br>貼恩克伊 |

句型 35　〇〇如何？

# 時間＋の＋名詞＋はどうですか。
**no**　　　　　　　**wa doo desuka**
諾　　　　　　　　　哇 都～ 爹酥卡

| | |
|---|---|
| 今年的運勢如何？ | こ と し　　う ん せ い<br>**今年の運勢はどうですか。**<br>kotoshi no unsee wa doo desuka<br>寇豆西 諾 烏恩誰～ 哇 都～ 爹酥卡 |
| 昨天的考試如何？ | き の う　　し け ん<br>**昨日の試験はどうですか。**<br>kinoo no shiken wa doo desuka<br>克伊諾～ 諾 西克耶恩 哇 都～ 爹酥卡 |

---

換個單字念念看

| | | | |
|---|---|---|---|
| 今天／<br>天氣 | きょう　　て ん き<br>**今日 / 天気**<br>kyoo / tenki<br>卡悠～ / 貼恩克伊 | 昨晚／<br>菜 | さ く ば ん　　りょう り<br>**昨晩 / 料理**<br>sakuban / ryoori<br>沙枯拔恩 / 溜～里 |
| 昨天／<br>音樂會 | き の う　　お ん が く か い<br>**昨日 / 音楽会**<br>kinoo / ongakukai<br>克伊諾～／歐恩嘎枯卡伊 | 上個月／<br>旅行 | せ ん げ つ　　りょこう<br>**先月 / 旅行**<br>sengetsu / ryokoo<br>誰恩給豬 / 溜寇～ |
| 星期天／<br>考試 | にちようび　　し け ん<br>**日曜日 / 試験**<br>nichiyoobi / shiken<br>尼七悠～逼 / 西克耶恩 | 星期六／<br>比賽 | ど よ う び　　し あ い<br>**土曜日 / 試合**<br>doyoobi / shiai<br>都悠～逼 / 西阿伊 |

～がいいです。

Track ◎ 48

Step **1** 假名與發音

Step **2** 寒暄一下

Step **3** 基本句型

Step **4** 說說自己

Step **5** 旅遊日語

句型 36　我要○○。

# 名詞＋がいいです。

ga ii desu

嘎 伊～ 爹酥

| | |
|---|---|
| 我要咖啡。 | **コーヒーがいいです。**<br>koohii ga ii desu<br>寇～喝伊～ 嘎 伊～ 爹酥 |
| 我要天婦羅。 | **てんぷらがいいです。**<br>tenpura ga ii desu<br>貼恩撲拉 嘎 伊～ 爹酥 |

## 換個單字念念看

| | | | | |
|---|---|---|---|---|
| 這個 | **これ**<br>kore<br>寇累 | | 西瓜 | **スイカ**<br>suika<br>酥伊卡 |
| 那個 | **それ**<br>sore<br>搜累 | | 拉麵 | **ラーメン**<br>raamen<br>拉～妹恩 |
| 那個 | **あれ**<br>are<br>阿累 | | 烏龍麵 | **うどん**<br>udon<br>烏都恩 |
| 蕃茄 | **トマト**<br>tomato<br>豆媽豆 | | 果汁 | **ジュース**<br>juusu<br>啾～酥 |

句型 37　我要〇〇。

# 形容詞＋がいいです。
ga ii desu
嘎 伊～ 爹酥

| | |
|---|---|
| 我要大的。 | <ruby>大<rt>おお</rt></ruby>きいのがいいです。<br>ookii noga ii desu<br>歐～克伊～ 諾嘎 伊～ 爹酥 |
| 我要便宜的。 | <ruby>安<rt>やす</rt></ruby>いのがいいです。<br>yasui noga ii desu<br>呀酥伊 諾嘎 伊～ 爹酥 |

換個單字念念看

| | | | |
|---|---|---|---|
| 小的 | <ruby>小<rt>ちい</rt></ruby>さいの<br>chiisai no<br>七～沙伊 諾 | 冰涼的 | <ruby>冷<rt>つめ</rt></ruby>たいの<br>tsumetai no<br>豬妹它伊 諾 |
| 藍的 | <ruby>青<rt>あお</rt></ruby>いの<br>aoi no<br>阿歐伊 諾 | 耐用的 | <ruby>丈夫<rt>じょうぶ</rt></ruby>なの<br>joobu nano<br>久～布 那諾 |
| 黑的 | <ruby>黒<rt>くろ</rt></ruby>いの<br>kuroi no<br>枯落伊 諾 | 普通的 | <ruby>普通<rt>ふつう</rt></ruby>なの<br>futsuu nano<br>夫豬～ 那諾 |
| 短的 | <ruby>短<rt>みじか</rt></ruby>いの<br>mijikai no<br>咪基卡伊 諾 | 熱鬧的 | <ruby>賑<rt>にぎ</rt></ruby>やかなの<br>nigiyaka nano<br>尼哥伊呀卡 那諾 |

| 句型 38 | 可以○○嗎？ |
|---|---|

# 動詞＋もいいですか。

**mo ii desuka**
某 伊〜 爹酥卡

| | |
|---|---|
| 可以喝嗎？ | 飲<sup>の</sup>んでもいいですか。<br>nondemo ii desuka<br>諾恩爹某 伊〜 爹酥卡 |
| 可以試穿嗎？ | 試着<sup>し ちゃく</sup>してもいいですか。<br>shichaku shitemo ii desuka<br>西洽枯 西貼某 伊〜 爹酥卡 |

## 換個單字念念看

| | | | |
|---|---|---|---|
| 吃 | 食<sup>た</sup>べて<br>tabete<br>它貝貼 | 看 | 見<sup>み</sup>て<br>mite<br>咪貼 |
| 坐 | 座<sup>すわ</sup>って<br>suwatte<br>酥哇ㄟ貼 | 休息 | 休<sup>やす</sup>んで<br>yasunde<br>呀酥恩爹 |
| 摸 | 触<sup>さわ</sup>って<br>sawatte<br>沙哇ㄟ貼 | 唱 | 歌<sup>うた</sup>って<br>utatte<br>烏它ㄟ貼 |
| 聽（問） | 聞<sup>き</sup>いて<br>kiite<br>克伊〜貼 | 用 | 使<sup>つか</sup>って<br>tsukatte<br>豬卡ㄟ貼 |

句型 39　可以○○嗎？

# 名詞(を…)＋動詞＋もいいですか。
o　　　　　　　　mo ii desuka
歐　　　　　　　　某 伊〜 爹酥卡

| 可以抽煙嗎？ | タバコを吸ってもいいですか。<br>tabako o suttemo ii desuka<br>它拔寇 歐 酥〜貼某 伊〜 爹酥卡 |
|---|---|
| 可以坐這裡嗎？ | ここに座ってもいいですか。<br>koko ni suwattemo ii desuka<br>寇寇 尼 酥哇〜貼某 伊〜 爹酥卡 |

## 換個單字念念看

| 相 / 照 | 写真を / 撮って<br>shashin o / totte<br>蝦西恩 歐 / 豆〜貼 | 在這裡 /<br>寫 | ここに / 書いて<br>koko ni / kaite<br>寇寇 尼 / 卡伊貼 |
|---|---|---|---|
| 歌 / 唱 | 歌を / 歌って<br>uta o / utatte<br>烏它 歐 / 烏它〜貼 | 啤酒 / 喝 | ビールを / 飲んで<br>biiru o / nonde<br>逼〜魯 歐 / 諾恩爹 |
| 鋼琴 / 彈 | ピアノを / 弾いて<br>piano o / hiite<br>披阿諾 歐 / 喝伊〜貼 | 鞋子 / 脫 | 靴を / 脱いで<br>kutsu o / nuide<br>枯豬 歐 / 奴伊爹 |

| 句型 40 | 想○○。 |

# 動詞＋たいです。
**tai desu**
它伊 爹酥

| 想吃。 | 食<sup>た</sup>べたいです。<br>tabetai desu<br>它貝它伊 爹酥 |
| 想聽。 | 聞<sup>き</sup>きたいです。<br>kikitai desu<br>克伊克伊它伊 爹酥 |

## 換個單字念念看

| 玩 | 遊<sup>あそ</sup>び<br>asobi<br>阿搜逼 | 回家 | 帰<sup>かえ</sup>り<br>kaeri<br>卡耶里 |
| 走 | 歩<sup>ある</sup>き<br>aruki<br>阿魯克伊 | 飛 | 飛<sup>と</sup>び<br>tobi<br>豆逼 |
| 游泳 | 泳<sup>およ</sup>ぎ<br>oyogi<br>歐悠哥伊 | 說 | 話<sup>はな</sup>し<br>hanashi<br>哈那西 |
| 買 | 買<sup>か</sup>い<br>kai<br>卡伊 | 搭乘 | 乗<sup>の</sup>り<br>nori<br>諾里 |

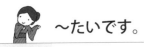 ～たいです。

| 句型 41 | 我想到○○。 |

# 場所＋まで、行きたいです。
made,　ikitai desu
媽爹,　伊克伊它伊 爹酥

| 想到澀谷。 | 渋谷駅まで行きたいです。<br>shibuyaeki made ikitai desu<br>西布呀耶克伊 媽爹 伊克伊它伊 爹酥 |
| 想到成田機場。 | 成田空港まで行きたいです。<br>naritakuukoo made ikitai desu<br>那里它枯～寇～ 媽爹 伊克伊它伊 爹酥 |

## 換個單字念念看

| 新宿 | 新宿<br>shinjuku<br>西恩啾枯 | 池袋 | 池袋<br>ikebukuro<br>伊克耶布枯落 |
| 原宿 | 原宿<br>harajuku<br>哈拉啾枯 | 橫濱 | 横浜<br>yokohama<br>悠寇哈媽 |
| 青山 | 青山<br>aoyama<br>阿歐呀媽 | 鎌倉 | 鎌倉<br>kamakura<br>卡媽枯拉 |
| 惠比壽 | 恵比寿<br>ebisu<br>耶逼酥 | 伊豆 | 伊豆<br>izu<br>伊茲 |

| Step 1 | 假名與發音 |
| Step 2 | 寒暄一下 |
| Step 3 | 基本句型 |
| Step 4 | 說說自己 |
| Step 5 | 旅遊日語 |

**句型 42** 想○○。

# 名詞(を…)＋動詞＋たいです。

o
歐

tai desu
它伊 爹酥

| 想泡溫泉。 | おんせん はい<br>**温泉に入りたいです。**<br>onsen ni hairi tai desu<br>歐恩誰恩 尼 哈伊里 它伊 爹酥 |
| --- | --- |
| 想預約房間。 | へ や よ やく<br>**部屋を予約したいです。**<br>heya o yoyaku shitai desu<br>黑呀 歐 悠呀枯 西它伊 爹酥 |

## 換個單字念念看

| 電影 / 看 | えい が み<br>**映画を / 見**<br>eega o / mi<br>耶～嘎 歐 / 咪 | 料理 / 吃 | りょう り た<br>**料理を / 食べ**<br>ryoori o / tabe<br>溜～里 歐 / 它貝 |
| --- | --- | --- | --- |
| 高爾夫球/<br>打 | **ゴルフを / し**<br>gorufu o / shi<br>勾魯夫 歐 / 西 | 演唱會 /<br>聽 | い<br>**コンサートに/行き**<br>konsaato ni / iki<br>寇恩沙～豆 尼 / 伊克伊 |
| 煙火 / 看 | はな び み<br>**花火を / 見**<br>hanabi o / mi<br>哈那逼 歐 / 咪 | 卡拉OK /<br>去唱 | い<br>**カラオケに/行き**<br>karaoke ni / iki<br>卡拉歐克耶 尼 / 伊克伊 |

| 句型 43 | 我要找○○。 |
|---|---|

# 名詞＋を探しています。
### o sagashite imasu
歐 沙嘎西貼 伊媽酥

| | |
|---|---|
| 我要找裙子。 | スカートを探しています。<br>sukaato o sagashite imasu<br>酥卡〜豆 歐 沙嘎西貼 伊媽酥 |
| 我要找雨傘。 | 傘を探しています。<br>kasa o sagashite imasu<br>卡沙 歐 沙嘎西貼 伊媽酥 |

---

換個單字念念看

| 褲子 | ズボン<br>zubon<br>茲剝恩 | 領帶 | ネクタイ<br>nekutai<br>內枯它伊 |
|---|---|---|---|
| 休閒鞋 | スニーカー<br>suniikaa<br>酥尼〜卡〜 | 唱片 | レコード<br>rekoodo<br>累寇〜都 |
| 手帕 | ハンカチ<br>hankachi<br>哈恩卡七 | 皮帶 | ベルト<br>beruto<br>貝魯豆 |
| 洗髮精 | シャンプー<br>shanpuu<br>蝦恩撲〜 | 圍巾 | マフラー<br>mafuraa<br>媽夫拉〜 |

# ～が欲しいです。

句型 44　我要○○。

## 名詞＋が欲しいです。
### ga hoshii desu
嘎 后西～ 爹酥

| 想要鞋子。 | 靴が欲しいです。<br>kutsu ga hoshii desu<br>枯豬 嘎 后西～ 爹酥 |
| --- | --- |
| 想要香水。 | 香水が欲しいです。<br>koosui ga hoshii desu<br>寇～酥伊 嘎 后西～ 爹酥 |

## 換個單字念念看

| 錄音帶 | テープ<br>teepu<br>貼～撲 | 襪子 | 靴下<br>kutsushita<br>枯豬西它 |
| --- | --- | --- | --- |
| 錄影機 | ビデオカメラ<br>bideokamera<br>逼爹歐卡妹拉 | 手帕 | ハンカチ<br>hankachi<br>哈恩卡七 |
| 底片 | フィルム<br>fuirumu<br>夫伊魯母 | 字典 | 辞書<br>jisho<br>基休 |
| 收音機 | ラジオ<br>rajio<br>拉基歐 | 筆記本 | ノート<br>nooto<br>諾～豆 |

| 句型 45 | 很會○○。 |
|---|---|

# 名詞＋が上手です。
**ga joozu desu**
嘎 久～茲 爹酥

| 很會唱歌。 | 歌が上手です。<br>uta ga joozu desu<br>烏它 嘎 久～茲 爹酥 |
|---|---|
| 很會打網球。 | テニスが上手です。<br>tenisu ga joozu desu<br>貼尼酥 嘎 久～茲 爹酥 |

---

**換個單字念念看**

| | | | |
|---|---|---|---|
| 作菜 | 料理<br>ryoori<br>溜～里 | 打桌球 | ピンポン<br>pinpon<br>披恩剖恩 |
| 游泳 | 水泳<br>suiee<br>酥伊耶～ | 講英語 | 英語<br>eego<br>耶～勾 |
| 打籃球 | バスケットボール<br>basukettobooru<br>拔酥克耶～豆剝～魯 | 講日語 | 日本語<br>nihongo<br>尼后恩勾 |
| 打棒球 | 野球<br>yakyuu<br>呀卡伊烏～ | 講中文 | 中国語<br>chuugokugo<br>七烏～勾枯勾 |

句型 46　太○○。

# 形容詞＋すぎます。
**sugimasu**
酥哥伊媽酥

| 太貴。 | <sup>たか</sup>高すぎます。<br>taka sugimasu<br>它卡 酥哥伊媽酥 |
| --- | --- |
| 太大。 | <sup>おお</sup>大きすぎます。<br>ooki sugimasu<br>歐〜克伊 酥哥伊媽酥 |

## 換個單字念念看

| 低 | <sup>ひく</sup>低<br>hiku<br>喝伊枯 | 重 | <sup>おも</sup>重<br>omo<br>歐某 |
| --- | --- | --- | --- |
| 小 | <sup>ちい</sup>小さ<br>chiisa<br>七〜沙 | 輕 | <sup>かる</sup>軽<br>karu<br>卡魯 |
| 快 | <sup>はや</sup>速<br>haya<br>哈呀 | 厚 | <sup>あつ</sup>厚<br>atsu<br>阿豬 |
| 難 | <sup>むずか</sup>難し<br>muzukashi<br>母茲卡西 | 薄 | <sup>うす</sup>薄<br>usu<br>烏酥 |

句型 47　喜歡○○。

# 名詞＋が好きです。
**ga suki desu**
嘎 酥克伊 爹酥

| | |
|---|---|
| 喜歡漫畫。 | マンガが好きです。<br>manga ga suki desu<br>媽恩嘎 嘎 酥克伊 爹酥 |
| 喜歡電玩。 | ゲームが好きです。<br>geemu ga suki desu<br>給〜母 嘎 酥克伊 爹酥 |

## 換個單字念念看

| | | | | |
|---|---|---|---|---|
| 網球 | テニス<br>tenisu<br>貼尼酥 | 高爾夫 | ゴルフ<br>gorufu<br>勾魯夫 |
| 棒球 | 野球<br>yakyuu<br>呀卡伊烏〜 | 兜風 | ドライブ<br>doraibu<br>都拉伊布 |
| 足球 | サッカー<br>sakkaa<br>沙へ卡〜 | 爬山 | 登山<br>tozan<br>豆雜恩 |
| 釣魚 | つり<br>tsuri<br>豬里 | 游泳 | 水泳<br>suiee<br>酥伊耶〜 |

～に興味があります。

句型 48　對○○感興趣。

# 名詞＋に興味があります。
### ni kyoomi ga arimasu
尼 卡悠～咪 嘎 阿里媽酥

| | |
|---|---|
| 對音樂有興趣。 | **音楽に興味があります。**<br>ongaku ni kyoomi ga arimasu<br>歐恩嘎枯 尼 卡悠～咪 嘎 阿里媽酥 |
| 對漫畫有興趣。 | **マンガに興味があります。**<br>manga ni kyoomi ga arimasu<br>媽恩嘎 尼 卡悠～咪 嘎 阿里媽酥 |

## 換個單字念念看

| | | | |
|---|---|---|---|
| 歷史 | **歴史**<br>rekishi<br>累克伊西 | 電影 | **映画**<br>eega<br>耶～嘎 |
| 政治 | **政治**<br>seeji<br>誰～基 | 藝術 | **芸術**<br>geejutsu<br>給～啾豬 |
| 經濟 | **経済**<br>keezai<br>克耶～雜伊 | 花道 | **華道**<br>kadoo<br>卡都～ |
| 小說 | **小説**<br>shoosetsu<br>休～誰豬 | 茶道 | **茶道**<br>sadoo<br>沙都～ |

句型 **49**　○○有○○。

# 場所＋で＋慶典＋があります。
de　　　　　　　　ga arimasu
爹　　　　　　　　嘎 阿里媽酥

| | |
|---|---|
| 淺草有慶典。 | あさくさ　　　まつ<br>**浅草でお祭りがあります。**<br>asakusa de omatsuri ga arimasu<br>阿沙枯沙 爹 歐媽豬里 嘎 阿里媽酥  |
| 札幌有雪祭。 | さっぽろ　　　ゆきまつ<br>**札幌で雪祭りがあります。**<br>sapporo de yukimatsuri ga arimasu<br>沙へ剖落 爹 尤克伊媽豬里 嘎 阿里媽酥 |

## 換個單字念念看

| | | | |
|---|---|---|---|
| 秋田 /<br>竿燈祭 | あき た　　　かんとうまつり<br>**秋田 / 竿灯祭**<br>akita / kantoomatsuri<br>阿克伊它 / 卡恩豆〜媽豬里 | 東京 /<br>三社祭 | とうきょう　　さんじゃまつり<br>**東京 / 三社祭**<br>tookyoo / sanjamatsuri<br>豆〜卡悠〜 / 沙恩甲媽豬里 |
| 青森 /<br>驅魔祭 | あおもり　　　　まつり<br>**青森 / ねぶた祭**<br>aomori / nebutamatsuri<br>阿歐某里 / 內布它媽豬里 | 德島 /<br>阿波舞祭 | とくしま　　あ わ おど<br>**徳島 / 阿波踊り**<br>tokushima / awaodori<br>豆枯西媽 / 阿哇歐都里 |
| 仙台 /<br>七夕祭 | せんだい　　　たなばたまつり<br>**仙台 / 七夕祭**<br>sendai / tanabatamatsuri<br>誰恩答伊 / 它那拔它媽豬里 | 京都 /<br>祇園祭 | きょう と　　 ぎ おんまつり<br>**京都 / 祇園祭**<br>kyooto / gionmatsuri<br>卡悠〜豆 / 哥伊歐恩媽豬里 |

## ～が痛いです。

Step
**1**
假名與發音

Step
**2**
寒暄一下

Step
**3**
基本句型

Step
**4**
說說自己

Step
**5**
旅遊日語

| 句型 50 | ○○痛。 |
|---|---|

# 身體＋が痛いです。
**ga itai desu**
嘎 伊它伊 爹酥

| 頭痛。 | 頭が痛いです。<br>atama ga itai desu<br>阿它媽 嘎 伊它伊 爹酥 |
|---|---|
| 腳痛。 | 足が痛いです。<br>ashi ga itai desu<br>阿西 嘎 伊它伊 爹酥 |

## 換個單字念念看

| 肚子 | おなか<br>onaka<br>歐那卡 | 胸 | むね<br>mune<br>母內 |
|---|---|---|---|
| 腰 | 腰<br>koshi<br>寇西 | 背部 | 背中<br>senaka<br>誰那卡 |
| 膝蓋 | ひざ<br>hiza<br>喝伊雜 | 手 | 手<br>te<br>貼 |
| 牙齒 | 歯<br>ha<br>哈 | 手腕 | 腕<br>ude<br>烏爹 |

## 〜をなくしました。

**句型 51** 丟了○○。

# 物＋をなくしました。
o nakushimashita
歐 那枯西媽西它

---

| 我把錢包弄丟了。 | **財布をなくしました。**<br>(さい ふ)<br>saifu o nakushimashita<br>沙伊夫 歐 那枯西媽西它 |
|---|---|

| 我把相機弄丟了。 | **カメラをなくしました。**<br>kamera o nakushimashita<br>卡妹拉 歐 那枯西媽西它 |
|---|---|

---

### 換個單字念念看

| 票 | **チケット**<br>chiketto<br>七克耶〜豆 | 護照 | **パスポート**<br>pasupooto<br>趴酥剖〜豆 |
|---|---|---|---|
| 機票 | **航空券**<br>(こうくうけん)<br>kookuuken<br>寇〜枯〜克耶恩 | 眼鏡 | **めがね**<br>megane<br>妹嘎內 |
| 戒指 | **指輪**<br>(ゆび わ)<br>yubiwa<br>尤逼哇 | 外套 | **コート**<br>kooto<br>寇〜豆 |
| 卡片 | **カード**<br>kaado<br>卡〜都 | 手錶 | **腕時計**<br>(うで ど けい)<br>udedokee<br>烏爹都克耶〜 |

〜に〜を忘れました。 Track ◎ 64

Step 1 假名與發音
Step 2 寒暄一下
Step 3 基本句型
Step 4 說說自己
Step 5 旅遊日語

句型 52　〇〇忘在〇〇了。

# 場所＋に＋物＋を忘れました。
ni　　　　　　o wasuremashita
尼　　　　　　歐 哇酥累媽西它

| 包包忘在巴士上了。 | バスにかばんを忘れました。<br>basu ni kaban o wasuremashita<br>拔酥 尼 卡拔恩 歐 哇酥累媽西它 |
|---|---|

| 鑰匙忘在房間裡了。 | 部屋に鍵を忘れました。<br>heya ni kagi o wasuremashita<br>黑呀 尼 卡哥伊 歐 哇酥累媽西它 |
|---|---|

## 換個單字念念看

| 計程車 /<br>傘 | タクシー / 傘<br>takushii / kasa<br>它枯西〜 / 卡沙 | 桌上 /<br>票 | テーブルの上 / 切符<br>teeburu no ue / kippu<br>貼〜布魯 諾 烏耶 / 克伊〜撲 |
|---|---|---|---|
| 電車 /<br>報紙 | 電車 / 新聞<br>densha / sinbun<br>爹恩蝦 / 西恩布恩 | 浴室 /<br>手錶 | バスルーム / 腕時計<br>basuruumu / udedokee<br>拔酥魯〜母 / 烏爹都克耶〜 |

75

| 句型 53 | ○○被偷了。 |

# 物＋を盗まれました。
ぬす
**o nusumaremashita**
歐 奴酥媽累媽西它

---

| 包包被偷了。 | かばんを盗まれました。<br>ぬす<br>kaban o nusumaremashita<br>卡拔恩 歐 奴酥媽累媽西它 |

| 錢被偷了。 | げんきん ぬす<br>現金を盗まれました。<br>genkin o nusumaremashita<br>給恩克伊恩 歐 奴酥媽累媽西它 |

---

## 換個單字念念看

| 錢包 | さい ふ<br>財布<br>saifu<br>沙伊夫 | 護照 | パスポート<br>pasupooto<br>趴酥剖〜豆 |
| 照相機 | カメラ<br>kamera<br>卡妹拉 | 機票 | こうくうけん<br>航空券<br>kookuuken<br>寇〜枯〜克耶恩 |
| 手錶 | うで ど けい<br>腕時計<br>udedokee<br>烏爹都克耶 | 駕照<br>（執照） | めんきょしょう<br>免許証<br>menkyoshoo<br>妹恩卡悠休〜 |
| 卡片 | カード<br>kaado<br>卡〜都 | 筆記型<br>電腦 | ノートパソコン<br>nootopasokon<br>諾〜豆趴搜寇恩 |

句型 **54**　我想○○。

# <ruby>句<rt></rt></ruby>＋と<ruby>思<rt>おも</rt></ruby>っています。
**to omottte imasu**
豆 歐某∖貼 伊媽酥

| | |
|---|---|
| 我想去日本。 | <ruby>日本<rt>にほん</rt></ruby>に<ruby>行<rt>い</rt></ruby>きたいと<ruby>思<rt>おも</rt></ruby>っています。<br>nihon ni ikitai to omottte imasu<br>尼后恩 尼 伊克伊它伊 豆 歐某∖貼 伊媽酥 ♪  |
| 我想那個人是犯人。 | あの<ruby>人<rt>ひと</rt></ruby>が<ruby>犯人<rt>はんにん</rt></ruby>だと<ruby>思<rt>おも</rt></ruby>っています。<br>ano hito ga hanninda to omotte imasu<br>阿諾 喝伊豆 嘎 哈恩尼恩答 豆 歐某∖貼 伊媽酥 |

## 換個單字念念看

| 想當老師 | <ruby>先生<rt>せんせい</rt></ruby>になりたい<br>sensee ni naritai<br>誰恩誰∖ 尼 那里它伊 | 她不會結婚 | <ruby>彼女<rt>かのじょ</rt></ruby>は<ruby>結婚<rt>けっこん</rt></ruby>しない<br>kanojo wa kekkonshinai<br>卡諾久 哇 克耶∖寇恩西那伊 |
|---|---|---|---|
| 想住在郊外 | <ruby>郊外<rt>こうがい</rt></ruby>に<ruby>住<rt>す</rt></ruby>みたい<br>koogai ni sumitai<br>寇∖嘎伊 尼 酥咪它伊 | 他是對的 | <ruby>彼<rt>かれ</rt></ruby>は<ruby>正<rt>ただ</rt></ruby>しい<br>kare wa tadashii<br>卡累 哇 它答西∖ |
| 想到國外旅行 | <ruby>海外旅行<rt>かいがいりょこう</rt></ruby>したい<br>kaigairyokooshitai<br>卡伊嘎伊溜寇∖西它伊 | 幸好有去旅行 | <ruby>旅行<rt>りょこう</rt></ruby>してよかった<br>ryokooshite yokatta<br>溜寇∖西貼 悠卡∖它 |

# MEMO

Step 3 ○ 先練習一下 ○ 再跟日本人聊天

# Step 4
## 說說自己

**中文拼音小貼士！**

**1** 2個以上的中文拼音，下面有＿＿（底線）時，記得要把底線上的字，全部合起來唸成1個音。例如：**きく**（聽）要唸成「**克伊枯**」喔！

**2** 中文拼音之中，如果看到「︿」的符號，表示這裡要憋氣停一下。例如：**まって**（等一下）要唸成「**媽︿貼**」喔！

**3** 中文拼音之中，如果看到「～」的符號，表示這一個音，要拉長唸成2拍喔！常出現的組合如下。例如：**おかあさん**（媽媽）要唸成「**歐卡～沙恩**」喔！

memo

**① 我姓李**

Track ◎ **67**

**句型** 我姓○○。

# 姓＋です。
desu
爹酥

## 換個單字念念看

| | | | |
|---|---|---|---|
| 李 | **李** (リー)<br>rii<br>里～ | 鈴木 | **鈴木** (すず き)<br>suzuki<br>酥茲克伊 |
| 金 | **キム**<br>kimu<br>克伊母 | 田中 | **田中** (た なか)<br>tanaka<br>它那卡 |

| | |
|---|---|
| 初次見面，我姓楊。 | **はじめまして、楊と申します。** (ヨウ) (もう)<br>hajimemashite, yoo to mooshimasu<br>哈基妹媽西貼, 悠～ 豆 某～西媽酥 |
| 請多指教。 | **よろしくお願いします。** (ねが)<br>yoroshiku onegai shimasu<br>悠落西枯 歐內嘎伊 西媽酥 |
| 我才是，請多指教。 | **こちらこそ、よろしく。**<br>kochirakoso yoroshiku<br>寇七拉寇搜 悠落西枯 |

**② 我從台灣來的**

Track ◎ **68**

| 句型 | 我從○○來。 |
|---|---|

# 國名＋から来ました。
### き

kara kimashita

卡拉 克伊媽西它

## 換個單字念念看

| 台灣 | タイワン<br>**台湾**<br>taiwan<br>它伊哇恩 | 中國 | ちゅうごく<br>**中国**<br>chuugoku<br>七烏～勾枯 |
|---|---|---|---|
| 英國 | **イギリス**<br>igirisu<br>伊哥伊里酥 | 美國 | **アメリカ**<br>amerika<br>阿妹里卡 |

 例句

| 您是哪國人？ | くに<br>**お国はどちらですか。**<br>okuni wa dochira desuka<br>歐枯尼 哇 都七拉 爹酥卡 |
|---|---|
| 我是台灣人。 | わたし　タイワンじん<br>**私は台湾人です。**<br>watashi wa taiwanjin desu<br>哇它西 哇 它伊哇恩基恩 爹酥 |
| 我畢業於日本大學。 | わたし　に ほんだいがくしゅっしん<br>**私は日本大学出身です。**<br>watashi wa nihondaigaku shusshin desu<br>哇它西 哇 尼后恩答伊嘎枯 啾ㄟ西恩 爹酥 |

**③ 我是粉領族**　　　Track ◎ **69**

| 句型 | 我是○○。 |

# 職業＋です。
desu
爹酥

**換個單字念念看**

| 學生 | 学生<br>gakusee<br>嘎枯誰～ | 粉領族 | ＯＬ<br>ooeru<br>歐～耶魯 |
|------|------|------|------|
| 醫生 | 医者<br>isha<br>伊蝦 | 工程師 | エンジニア<br>enjinia<br>耶恩基尼阿 |

 例句

| 您從事哪一種工作？ | お仕事は何ですか。<br>oshigoto wa nan desuka<br>歐西勾豆 哇 那恩 爹酥卡 |
|------|------|
| 我是日語老師。 | 日本語教師です。<br>nihongo kyooshi desu<br>尼后恩勾 卡悠～西 爹酥 |
| 我在貿易公司工作。 | 貿易会社で働いています。<br>booekigaisha de hataraite imasu<br>剝～耶克伊嘎伊蝦 爹 哈它拉伊貼 伊媽酥 |

Step
1
假名與發音

Step
2
寒暄一下

Step
3
基本句型

Step
4
說說自己

Step
5
旅遊日語

**① 這是我弟弟**　　Track ◎ **70**

| 句型 | 這是○○。 |
|---|---|

# これは＋名詞＋です。
**kore wa**　　　　　　　　**desu**
寇累 哇　　　　　　　　　　爹酥

## 換個單字念念看

| 弟弟 | おとうと<br>**弟**<br>otooto<br>歐豆～豆 | 姊姊 | あね<br>**姉**<br>ane<br>阿內 |
|---|---|---|---|
| 哥哥 | あに<br>**兄**<br>ani<br>阿尼 | 妹妹 | いもうと<br>**妹**<br>imooto<br>伊某～豆 |

 例句

| 這個人是誰？ | ひと　　だれ<br>**この人は誰ですか。**<br>kono hito wa dare desuka<br>寇諾 喝伊豆 哇 答累 爹酥卡 |
|---|---|
| 我有一個弟弟。 | おとうと　　ひとり<br>**弟が一人います。**<br>otooto ga hitori imasu<br>歐豆～豆 嘎 喝伊豆里 伊媽酥 |
| 弟弟比我小兩歲。 | おとうと　わたし　　　に さいした<br>**弟は私より二歳下です。**<br>otooto wa watashi yori nisai shita desu<br>歐豆～豆 哇 哇它西 悠里 尼沙伊 西它 爹酥 |

## ② 哥哥是行銷員

---

**句型**　○○公司。

かいしゃ
# 名詞＋の会社です。
**no kaisha desu**
諾 卡伊蝦 爹酥

---

**換個單字念念看**

| | | | |
|---|---|---|---|
| 汽車 | くるま<br>**車**<br>kuruma<br>枯魯媽 | 鞋子 | くっ<br>**靴**<br>kutsu<br>枯豬 |
| 電腦 | **コンピューター**<br>konpyuutaa<br>寇恩披烏～它～ | 藥品 | くすり<br>**薬**<br>kusuri<br>枯酥里 |

 **例句**

---

| 哥哥是行銷員。 | あに<br>**兄はセールスマンです。**<br>ani wa seerusuman desu<br>阿尼 哇 誰～魯酥媽恩 爹酥 |
|---|---|
| 您哥哥在哪一家公司上班？ | にい　　　　　かいしゃ<br>**お兄さんの会社はどちらですか。**<br>oniisan no kaisha wa dochira desuka<br>歐尼～沙恩 諾 卡伊蝦 哇 都七拉 爹酥卡 |
| ABC汽車。 | エービーシー　じ　どうしゃ<br>**ＡＢＣ自動車です。**<br>eebiishii jidoosha desu<br>耶～逼～西～ 基都～蝦 爹酥 |

**③ 我姊姊很活潑**

Track ◎ **72**

| 句型 | 我姊姊○○。 |
|---|---|

あね
# 姉は＋形容詞＋です。
ane wa　　　　　　　　desu
阿內 哇　　　　　　　　爹酥

## 換個單字念念看

| 活潑 | あか<br>**明るい**<br>akarui<br>阿卡魯伊 | 有一點<br>性急 | すこ たん き<br>**少し短気**<br>sukoshi tanki<br>酥寇西 它恩克伊 |
|---|---|---|---|
| 溫柔 | **やさしい**<br>yasashii<br>呀沙西～ | 頑固 | がん こ<br>**頑固**<br>ganko<br>嘎恩寇 |

 例句

| 姊姊不小氣。 | あね<br>**姉はけちではありません。**<br>ane wa kechi dewa arimasen<br>阿內 哇 克耶七 爹哇 阿里媽誰恩 |
|---|---|
| 姊姊朋友很多。 | あね とも おお<br>**姉は友だちが多いです。**<br>ane wa tomodachi ga ooi desu<br>阿內 哇 豆某答七 嘎 歐～伊 爹酥 |
| 姊姊沒有男朋友。 | あね かれ し<br>**姉は彼氏がいません。**<br>ane wa kareshi ga imasen<br>阿內 哇 卡累西 嘎 伊媽誰恩 |

**① 今天真暖和**

Track ◎ **73**

---

**句型** 今天〇〇。

# 今日は＋形容詞＋ですね。
きょう
**kyoo wa** **desune**
卡悠～ 哇　　　　　　　爹酥內

---

### 換個單字念念看

| 熱 | あつ<br>暑い<br>atsui<br>阿豬伊 | 溫暖 | あたた<br>暖かい<br>atatakai<br>阿它它卡伊 |
|---|---|---|---|
| 冷 | さむ<br>寒い<br>samui<br>沙母伊 | 涼爽 | すず<br>涼しい<br>suzusii<br>酥茲西～ |

---

 例句

| 今天是好天氣。 | きょう　　　　　てんき<br>今日はいい天気ですね。<br>kyoo wa ii tenki desune<br>卡悠～ 哇 伊～ 貼恩克伊 爹酥內 |
|---|---|
| 正在下雨。 | あめ　ふ<br>雨が降っています。<br>ame ga futte imasu<br>阿妹 嘎 夫～貼 伊媽酥 |
| 早上是晴天。 | あさ　は<br>朝は晴れていました。<br>asa wa harete imashita<br>阿沙 哇 哈累貼 伊媽西它 |

② 東京天氣如何？

Track ◎ 74

**句型** 東京的○○如何？

とうきょう
# 東京の＋四季＋はどうですか。
tookyoo no　　　　　　wa doo desuka
豆～卡悠～ 諾　　　　　哇 都～ 爹酥卡

## 換個單字念念看

| 春天 | はる<br>**春**<br>haru<br>哈魯 | 秋天 | あき<br>**秋**<br>aki<br>阿克伊 |
|---|---|---|---|
| 夏天 | なつ<br>**夏**<br>natsu<br>那豬 | 冬天 | ふゆ<br>**冬**<br>fuyu<br>夫尤 |

例句

| 東京夏天很熱。 | とうきょう　なつ　あつ<br>**東京の夏は暑いです。**<br>tookyoo no natsu wa atsui desu<br>豆～卡悠～ 諾 那豬 哇 阿豬伊 爹酥 |
|---|---|
| 但是冬天很冷。 | ふゆ　さむ<br>**でも、冬は寒いです。**<br>demo, fuyu wa samui desu<br>爹某, 夫尤 哇 沙母伊 爹酥 |
| 你的國家怎麼樣？ | くに<br>**あなたの国はどうですか。**<br>anata no kuni wa doo desuka<br>阿那它 諾 枯尼 哇 都～ 爹酥卡 |

**③ 明天會下雨吧！**

Track ◎ **75**

| 句型 | 明天會（是）○○吧！ |
| --- | --- |

# 明日は＋名詞＋でしょう。
**ashita wa** **deshoo**
阿西它 哇　　　　　　　爹休～

換個單字念念看

| 雨天 | あめ<br>**雨**<br>ame<br>阿妹 | 陰天 | くも<br>**曇り**<br>kumori<br>枯某里 |
| --- | --- | --- | --- |
| 晴天 | は<br>**晴れ**<br>hare<br>哈累 | 下雪 | ゆき<br>**雪**<br>yuki<br>尤克伊 |

| 明天會下雨吧！ | あした　あめ<br>**明日は雨でしょう。**<br>ashita wa ame deshoo<br>阿西它 哇 阿妹 爹休～ |
| --- | --- |
| 明天一整天都很溫暖吧！ | あした　いちにちじゅうあたた<br>**明日は一日中暖かいでしょう。**<br>ashita wa ichinichijuu atatakai deshoo<br>阿西它 哇 伊七尼七嗽～ 阿它它卡伊 爹休～ |
| 今晚天氣不知道怎麼樣？ | こんばん　てんき<br>**今晚の天気はどうでしょう。**<br>konban no tenki wa doo deshoo<br>寇恩拔恩 諾 貼恩克伊 哇 都～ 爹休～ |

**④ 東京八月天氣如何？**

**句型** ○○的○○如何？

# 地名＋の＋月＋はどうですか。
no
諾
wa doo desuka
哇 都〜 爹酥卡

## 換個單字念念看

| | | | |
|---|---|---|---|
| 東京/8月 | **東京 / 8月**<br>とうきょう はちがつ<br>tookyoo / hachigatsu<br>豆〜卡悠〜 / 哈七嘎豬 | 台北/12月 | **台北 / 12月**<br>タイペイ じゅうにがつ<br>taipee / juunigatsu<br>它伊佩〜 / 啾〜尼嘎豬 |
| 紐約/9月 | **ニューヨーク / 9月**<br>く がつ<br>nyuuyooku / kugatsu<br>牛〜悠〜枯 / 枯嘎豬 | 北京/9月 | **北京 / 9月**<br>ペキン く がつ<br>pekin / kugatsu<br>佩克伊恩 / 枯嘎豬 |

**問** 7月到8月呢？

しちがつ　　　　はちがつ
# Q：7月から8月までは。
shichigatsu kara hachigatsu madewa
西七嘎豬 卡拉 哈七嘎豬 媽爹哇

**答** 很○○。

# A：形容詞＋です。
desu
爹酥

## 換個單字念念看

| | | |
|---|---|---|
| 熱 | **暑い**<br>あつ<br>atsui<br>阿豬伊 | |
| 涼爽 | **涼しい**<br>すず<br>suzusii<br>酥茲西〜 | |

**① 吃早餐**

Track ◎ **77**

句型　吃○○。

# 食物＋を食べます。
**o tabemasu**
歐 它貝媽酥

換個單字念念看

| 麵包 | パン<br>pan<br>趴恩 | 粥 | お粥<br>okayu<br>歐卡尤 |
| --- | --- | --- | --- |
| 飯 | ご飯<br>gohan<br>勾哈恩 | 豆沙包 | お饅頭<br>omanjuu<br>歐媽恩啾～ |

例句

| 早餐在家吃。 | 朝ご飯は家で食べます。<br>asagohan wa ie de tabemasu<br>阿沙勾哈恩 哇 伊耶 爹 它貝媽酥 |
| --- | --- |
| 吃了麵包和沙拉。 | パンとサラダを食べました。<br>pan to sarada o tabemashita<br>趴恩 豆 沙拉答 歐 它貝媽西它 |
| 不吃早餐。 | 朝ご飯は食べません。<br>asagohan wa tabemasen<br>阿沙勾哈恩 哇 它貝媽誰恩 |

**② 喝飲料**

Track ◎ 78

---

**句型** 喝○○。

の
# 飲料＋を飲みます。
o nomimasu
歐 諾咪媽酥

---

**換個單字念念看**

| | | | |
|---|---|---|---|
| 牛奶 | **牛乳**<br>ぎゅうにゅう<br>gyuunyuu<br>克伊烏～牛～ | 可樂 | **コーラ**<br>koora<br>寇～拉 |
| 果汁 | **ジュース**<br>juusu<br>啾～酥 | 啤酒 | **ビール**<br>biiru<br>逼～魯 |

---

例句

| | |
|---|---|
| 喜歡喝酒。 | **お酒が好きです。**<br>さけ　す<br>osake ga suki desu<br>歐沙克耶 嘎 酥克伊 爹酥 |
| 常喝葡萄酒。 | **よくワインを飲みます。**<br>の<br>yoku wain o nomimasu<br>悠枯 哇伊恩 歐 諾咪媽酥 |
| 和朋友一起喝啤酒。 | **友達と一緒にビールを飲みます。**<br>ともだち　いっしょ　　　　　　の<br>tomodachi to issho ni biiru o nomimasu<br>豆某答七 豆 伊～休 尼 逼～魯 歐 諾咪媽酥 |

**③ 做運動**

Track ◎ **79**

句型  做○○。

# 運動＋をしますか。
o shimasuka
歐 西媽酥卡

**換個單字念念看**

| 網球 | テニス<br>tenisu<br>貼尼酥 | 高爾夫 | ゴルフ<br>gorufu<br>勾魯夫 |
|---|---|---|---|
| 游泳 | すいえい<br>水泳<br>suiee<br>酥伊耶～ | 足球 | サッカー<br>sakkaa<br>沙へ卡～ |

| 一星期做兩次運動。 | しゅう に かい<br>週二回スポーツをします。<br>shuunikai supootsu o shimasu<br>咻～尼卡伊 酥剖～豬 歐 西媽酥 |
|---|---|
| 有時打保齡球。 | とき どき<br>時々ボーリングをします。<br>tokidoki booringu o shimasu<br>豆克伊都克伊 剝～里恩估 歐 西媽酥 |
| 常去公園散步。 | こうえん　　さん ぽ<br>よく公園を散歩します。<br>yoku kooen o sanpo shimasu<br>悠枯 寇～耶恩 歐 沙恩剖 西媽酥 |

**④ 我的假日**　　　　Track ◎ **80**

| 問 | 你假日做什麼？ |
| --- | --- |

# Q：休みの日は何をしますか。
yasumi no hi wa nani o shimasuka
呀酥咪 諾 喝伊 哇 那尼 歐 西媽酥卡

| 答 | 看○○。 |
| --- | --- |

# A：名詞＋を見ます。
o mimasu
歐 咪媽酥

## 換個單字念念看

| 電視 | テレビ<br>terebi<br>貼累逼 | 職業棒球 | プロ野球<br>poroyakyuu<br>剖落呀卡伊鳥～ |
| --- | --- | --- | --- |
| 電影 | 映画<br>eega<br>耶～嘎 | 小孩 | 子ども<br>kodomo<br>寇都某 |

 例句

| 和男朋友約會。 | 彼氏とデートします。<br>kareshi to deeto shimasu<br>卡累西 豆 爹～豆 西媽酥 |
| --- | --- |
| 和朋友說說笑笑。 | 友達とワイワイやります。<br>tomodachi to waiwai yarimasu<br>豆某答七 豆 哇伊哇伊 呀里媽酥 |
| 在卡拉OK唱歌。 | カラオケで歌を歌います。<br>karaoke de uta o utaimasu<br>卡拉歐克耶 爹 烏它 歐 烏它伊媽酥 |

## ① 我喜歡運動

Track ◎ 81

---

**句型**　喜歡○○。

# 運動＋が好きです。
ga suki desu
嘎 酥克伊 爹酥

---

**換個單字念念看**

| | | | |
|---|---|---|---|
| 籃球 | **バスケットボール**<br>basukettobooru<br>拔酥克耶～豆剝～魯 | 高爾夫 | **ゴルフ**<br>gorufu<br>勾魯夫 |
| 排球 | **バレーボール**<br>bareebooru<br>拔累～剝～魯 | 釣魚 | **釣り**<br>tsuri<br>豬里 |

---

 例句

| | |
|---|---|
| 你喜歡什麼樣的運動？ | **どんなスポーツが好きですか。**<br>donna supootsu ga suki desuka<br>都恩那 酥剖～豬 嘎 酥克伊 爹酥卡 |
| 常游泳。 | **よく水泳をします。**<br>yoku suiee o shimasu<br>悠枯 酥伊耶～ 歐 西媽酥 |
| 喜歡看運動比賽。 | **スポーツ観戦が好きです。**<br>supootsu kansen ga suki desu<br>酥剖～豬 卡恩誰恩 嘎 酥克伊 爹酥 |

---

## ② 我的嗜好　　　　　Track ◎ 82

| 問 | 您的興趣是什麼？ |
|---|---|

# Q：ご趣味は何ですか。
**goshumi wa nan desuka**
勾咻咪 哇 那恩 爹酥卡

| 答 | ○○。 |
|---|---|

# A：名詞＋動詞＋ことです。
**koto desu**
寇豆 爹酥

換個單字念念看

| 做 / 菜 | 料理を / 作る<br>ryoori o / tsukuru<br>溜～里 歐 / 豬枯魯 | 看 / 電影 | 映画を / 見る<br>eega o / miru<br>耶～嘎 歐 / 咪魯 |
|---|---|---|---|
| 練 / 字 | 習字を / する<br>shuuji o / suru<br>咻～基 歐 / 酥魯 | 釣 / 魚 | 釣りを / する<br>tsuri o / suru<br>豬里 歐 / 酥魯 |

| 句型 | 很會○○呢。 |
|---|---|

# 嗜好＋が上手ですね。
**ga joozu desune**
嘎 久～茲 爹酥內

換個單字念念看

| 唱歌 | 歌<br>uta<br>烏它 | 游泳 | 水泳<br>suiee<br>酥伊耶～ |
|---|---|---|---|

**① 我的出生日**　　　　　　　　　　　Track ◎ **83**

| 句型 | 我的生日是○○。 |
|---|---|

わたし　たんじょう び
# 私の誕生日は＋月日＋です。
watashi no tanjoobi wa　　　　　　desu
哇它西　諾　它恩久～逼 哇　　　　　　爹酥

**換個單字念念看**

| | いちがつは つ か | | はちがつようか |
|---|---|---|---|
| 1 月20號 | **1 月20日**<br>ichigatsu hatsuka<br>伊七嘎豬 哈豬卡 | 8 月 8 號 | **8 月 8 日**<br>hachigatsu yooka<br>哈七嘎豬 悠～卡 |
| | し がつにじゅうよっ か | | じゅうにがつとお か |
| 4 月24號 | **4 月 2 4 日**<br>shigatsu nijuuyokka<br>西嘎豬 尼啾～悠～卡 | 12月10號 | **12月10日**<br>juunigatsu tooka<br>啾～尼嘎豬 豆～卡 |

 **例句**

| 您的生日是什麼時候？ | たんじょう び<br>**お誕生日はいつですか。**<br>otanjoobi wa itsu desuka<br>歐它恩久～逼 哇 伊豬 爹酥卡 |
|---|---|
| 我12月出生。 | じゅうにがつ う<br>**12月生まれです。**<br>juunigatsu umare desu<br>啾～尼嘎豬 烏媽累 爹酥 |
| 我屬鼠。 | ど し<br>**ねずみ年です。**<br>nezumi doshi desu<br>內茲咪 都西 爹酥 |

**②我的星座**

| 句型 | 我是○○。 |

わたし
# 私は＋星座＋です。
**watashi wa** **desu**
哇它西 哇　　　　　　　　　爹酥

### 換個單字念念看

| 水瓶座 | みずがめ ざ<br>**水瓶座**<br>mizugameza<br>咪茲嘎妹雜 | 牡羊座 | お ひつじ ざ<br>**牡羊座**<br>ohitsujiza<br>歐喝伊豬基雜 |
|---|---|---|---|
| 獅子座 | し し ざ<br>**獅子座**<br>shishiza<br>西西雜 | 金牛座 | おう し ざ<br>**牡牛座**<br>oushiza<br>歐烏～西雜 |

| 句型 | ○○是什麼樣的個性？ |

せいかく
# 星座＋はどんな性格ですか。
**wa donna seekaku desuka**
哇 都恩那 誰～卡枯 爹酥卡

### 換個單字念念看

| 雙子座 | ふた ご ざ<br>**双子座**<br>futagoza<br>夫它勾雜 | 雙魚座 | うお ざ<br>**魚座**<br>uoza<br>烏歐雜 |
|---|---|---|---|
| 巨蟹座 | かに ざ<br>**蟹座**<br>kaniza<br>卡尼雜 | 處女座 | おと め ざ<br>**乙女座**<br>otomeza<br>歐豆妹雜 |

## ③ 從星座看個性

Track ◎ 85

| | |
|---|---|
| 獅子座（的人）很活潑。 | 獅子座(の人)は明るいです。<br>shishiza(nohito)wa akarui desu<br>西西雜（諾喝伊豆）哇 阿卡魯伊 爹酥 |
| 很多天秤座都當女演員。 | 天秤座は女優が多いです。<br>tenbinza wa joyuu ga ooi desu<br>貼恩逼恩雜 哇 久尤〜 嘎 歐〜伊 爹酥 |
| 雙魚座很有藝術天份。 | 魚座は芸術的才能があります。<br>uoza wa geejutsuteki sainoo ga arimasu<br>烏歐雜 哇 給〜啾豬貼克伊 沙伊諾〜 嘎 阿里媽酥 |
| 魔羯座不缺錢。 | 山羊座はお金に困らないです。<br>yagiza wa okane ni komaranai desu<br>呀哥伊雜 哇 歐卡內 尼 寇媽拉那伊 爹酥 |
| 從星座來看兩個人很適合喔。 | 星座から見ると二人は合いますよ。<br>seeza kara miru to futari wa aimasuyo<br>誰〜雜 卡拉 咪魯 豆 夫它里 哇 阿伊媽酥悠 |

### 馬上用得到的單字

| | | | |
|---|---|---|---|
| 完美主義 | 完璧主義<br>kanpekishugi<br>卡恩佩克伊咻哥伊 | 誠實 | 誠実<br>seejitsu<br>誰〜基豬 |
| 勤勞 | 勤勉<br>kinben<br>克伊恩貝恩 | 悠閒 | のんびり<br>nonbiri<br>諾恩逼里 |

**① 我想當歌手**

Track ◎ 86

Step
1
假名與發音

Step
2
寒暄一下

Step
3
基本句型

Step
4
說說自己

Step
5
旅遊日語

| 句型 | 我想當○○。 |
| --- | --- |

しょうらい
# 将来＋名詞＋になりたいです。
shoorai　　　　　　　　　ni naritai desu
休〜拉伊　　　　　　　　　尼 那里它伊 爹酥

## 換個單字念念看

| 歌手 | かしゅ<br>**歌手**<br>kashu<br>卡咻 | 老師 | せんせい<br>**先生**<br>sensee<br>誰恩誰〜 |
| --- | --- | --- | --- |
| 醫生 | いしゃ<br>**医者**<br>isha<br>伊蝦 | 護士 | かんごふ<br>**看護婦**<br>kangofu<br>卡恩勾夫 |

例句

| 以後想做什麼？ | しょうらい なに<br>**将来、何になりたいですか。**<br>shoorai, nani ni naritai desuka<br>休〜拉伊, 那尼 尼 那里它伊 爹酥卡 |
| --- | --- |
| 為什麼？ | **どうしてですか。**<br>dooshite desuka<br>都〜西貼 爹酥卡 |
| 因為喜歡唱歌。 | うた す<br>**歌が好きだからです。**<br>uta ga suki dakara desu<br>烏它 嘎 酥克伊 答卡拉 爹酥 |

## ② 現在最想要的

Track ◎ **87**

**問** 現在最想要什麼？

Q：今、何が欲しいですか。
いま、なに　ほ
ima,　nani ga hoshii desuka
伊媽,　那尼 嘎 后西～ 爹酥卡

**答** 想要○○。

A：名詞＋が欲しいです。
ほ
ga hoshii desu
嘎 后西～ 爹酥

### 換個單字念念看

| | | | | |
|---|---|---|---|---|
| 車 | 車<br>くるま<br>kuruma<br>枯魯媽 | 時間 | 時間<br>じ かん<br>jikan<br>基卡恩 | |
| 情人 | 恋人<br>こいびと<br>koibito<br>寇伊逼豆 | 錢 | お金<br>かね<br>okane<br>歐卡內 | |

 例句

| 為什麼想要錢？ | なぜ、お金が欲しいですか。<br>かね　ほ<br>naze, okane ga hoshii desuka<br>那賊, 歐卡內 嘎 后西～ 爹酥卡 |
|---|---|
| 因為想再進修。 | もっと勉強したいからです。<br>べんきょう<br>motto benkyoo shitai kara desu<br>某ㄟ豆 貝恩卡悠～ 西它伊 卡拉 爹酥 |
| 因為想旅行。 | 旅行したいからです。<br>りょこう<br>ryokoo shitai kara desu<br>溜寇～ 西它伊 卡拉 爹酥 |

**③ 將來想住的家**

Track ◎ 88

Step 1 假名與發音

Step 2 寒暄一下

Step 3 基本句型

Step 4 說說自己

Step 5 旅遊日語

| 問 | 將來想住什麼樣的房子？ |
|---|---|

# Q：将来、どんな家に住みたいですか。

shoorai, donna ie ni sumitai desuka

休～拉伊, 都恩那 伊耶 尼 酥咪它伊 爹酥卡

| 答 | 想住在○○。 |
|---|---|

# A：名詞＋に住みたいです。

ni sumitaidesu

尼 酥咪它伊爹酥

### 換個單字念念看

| 很大的房子 | **大きな家**<br>ookina ie<br>歐～克伊那 伊耶 | 別墅 | **別荘**<br>bessoo<br>貝～搜～ |
|---|---|---|---|
| 高級公寓 | **マンション**<br>manshon<br>媽恩休恩 | 透天厝 | **一戸建て**<br>ikkodate<br>伊～寇答貼 |

| 問 | 想住什麼樣的城鎮？ |
|---|---|

# Q：どんな町に住みたいですか。

donna machi ni sumitai desuka

都恩那 媽七 尼 酥咪它伊 爹酥卡

| 答 | 想住在○○城鎮。 |
|---|---|

# A：形容詞＋町に住みたいです。

machi ni sumitai desu

媽七 尼 酥咪它伊 爹酥

### 換個單字念念看

| 熱鬧的 | **にぎやかな**<br>nigiyakana<br>尼哥伊呀卡那 | 很多綠地的 | **緑の多い**<br>midori no ooi<br>咪都里 諾 歐～伊 |
|---|---|---|---|

# MEMO

Step 4  ○ 先練習一下  ○ 再跟日本人聊天

# Step 5
## 旅遊日語

**中文拼音小貼士！**

**memo**

**1** 2個以上的中文拼音，下面有＿＿（底線）時，記得要把底線上的字，全部合起來唸成1個音。例如：**きく**（聽）要唸成「**克伊枯**」喔！

**2** 中文拼音之中，如果看到「︿」的符號，表示這裡要憋氣停一下。例如：**まって**（等一下）要唸成「**媽︿貼**」喔！

**3** 中文拼音之中，如果看到「～」的符號，表示這一個音，要拉長唸成2拍喔！常出現的組合如下。例如：**おかあさん**（媽媽）要唸成「**歐卡～沙恩**」喔！

① 在機內

句型　○○在哪裡？

# 名詞＋はどこですか。
**wa doko desuka**
哇 都寇 爹酥卡

換個單字念念看

| 我的座位 | **私の席**<br>わたし　せき<br>watashi no seki<br>哇它西 諾 誰克伊 | 洗手間 | **トイレ**<br>toire<br>豆伊累 |

 例句

| 行李放不進去。 | **荷物が入りません。**<br>に もつ　はい<br>nimotsu ga hairimasen<br>尼某豬 嘎 哈伊里媽誰恩 |
| 請借我過。 | **通してください。**<br>とお<br>tooshite kudasai<br>豆～西貼 枯答沙伊 |
| 希望能換座位。 | **席を替えてほしいです。**<br>せき　か<br>seki o kaete hoshii desu<br>誰克伊 歐 卡耶貼 后西～ 爹酥 |
| 可以將椅背倒下嗎？ | **席を倒してもいいですか。**<br>せき　たお<br>seki o taoshitemo ii desuka<br>誰克伊 歐 它歐西貼某 伊～ 爹酥卡 |

## ② 機內服務（一）

Track ◎ **90**

Step
**1**
假名與發音

Step
**2**
寒暄一下

Step
**3**
基本句型

Step
**4**
說說自己

Step
**5**
旅遊日語

| 句型 | 請給我○○。 |
|---|---|

# 名詞＋をください。
**o kudasai**
歐 枯答沙伊

**換個單字念念看**

| | | | |
|---|---|---|---|
| 牛肉 | ビーフ<br>biifu<br>逼～夫 | 毛毯 | もう ふ<br>毛布<br>moofu<br>某～夫 |
| 雞肉 | チキン<br>chikin<br>七克伊恩 | 枕頭 | まくら<br>枕<br>makura<br>媽枯拉 |
| 水 | みず<br>水<br>mizu<br>咪茲 | 入境卡 | にゅうこく<br>入国カード<br>nyuukoku kaado<br>牛～寇枯 卡～都 |

| 句型 | 有○○嗎？ |
|---|---|

# 名詞＋はありますか。
**wa arimasuka**
哇 阿里媽酥卡

**換個單字念念看**

| | | | |
|---|---|---|---|
| 日本報紙 | に ほん しん ぶん<br>日本の新聞<br>nihon no shinbun<br>尼后恩 諾 西恩布恩 | 暈車藥 | よ ど ぐすり<br>酔い止め薬<br>yoidome gusuri<br>悠伊都妹 估酥里 |

### ❸ 機內服務（二）

| 請再給我一杯。 | もう一杯ください。<br>いっぱい<br>moo ippai kudasai<br>某〜 伊〜趴伊 枯答沙伊 |
| --- | --- |
| 是免費嗎？ | 無料ですか。<br>む りょう<br>muryoo desuka<br>母溜〜 爹酥卡 |
| 身體不舒服嗎？ | 気分が悪いですか。<br>き ぶん わる<br>kibun ga warui desuka<br>克伊布恩 嘎 哇魯伊 爹酥卡 |
| 什麼時候到達？ | いつ着きますか。<br>つ<br>itsu tsukimasuka<br>伊豬 豬克伊媽酥卡 |
| 再20分鐘。 | あと20分です。<br>にじゅっぷん<br>ato nijuppun desu<br>阿豆 尼啾〜撲恩 爹酥 |

---

#### 馬上用得到的單字

| 雜誌 | 雑誌<br>ざっ し<br>zasshi<br>雜〜西 | 香煙 | タバコ<br>tabako<br>它拔寇 |
| --- | --- | --- | --- |
| 耳機 | ヘッドホン<br>heddohon<br>黑〜都后恩 | 葡萄酒 | ワイン<br>wain<br>哇伊恩 |

## ④ 通關（一）

Track ◎ **92**

| 問 | 旅行目的為何？ |

りょこう　　もくてき　　なん
# Q：旅行の目的は何ですか。
**ryokoo no mokuteki wa nan desuka**
溜寇〜 諾 某枯貼克伊 哇 那恩爹酥卡

| 答 | 是○○。 |

# A：名詞＋です。
**desu**
爹酥

---

### 換個單字念念看

| 觀光 | かんこう<br>**観光**<br>kankoo<br>卡恩寇〜 | 工作 | し　ごと<br>**仕事**<br>shigoto<br>西勾豆 |
|---|---|---|---|
| 留學 | りゅうがく<br>**留学**<br>ryuugaku<br>里伊烏〜嘎枯 | 會議 | かい ぎ<br>**会議**<br>kaigi<br>卡伊哥伊 |

---

| 從事什麼職業？ | しょくぎょう　　なん<br>**職業は何ですか。**<br>shokugyoo wa nan desuka<br>休枯克悠〜 哇 那恩 爹酥卡 |
|---|---|
| 學生 | がくせい<br>**学生です。**<br>gakusee desu<br>嘎枯誰〜 爹酥 |
| 上班族 | **サラリーマンです。**<br>sarariiman desu<br>沙拉里〜媽恩 爹酥 |
| 粉領族 | オーエル<br>**OLです。**<br>ooeru desu<br>歐〜耶魯 爹酥 |

## ⑤ 通關（二）

| 問 | 要住在哪裡？ |
| --- | --- |

**Q：どこに滞在しますか。**
doko ni taizai shimasuka
都寇 尼 它伊雜伊 西媽酥卡

| 答 | ○○。 |
| --- | --- |

**A：名詞＋です。**
desu
爹酥

換個單字念念看

| ABC飯店 | **ＡＢＣホテル**<br>eebiishii hoteru<br>耶～逼～西～ 后貼魯 | 朋友家 | **友人の家**<br>yuujin no ie<br>尤～基恩 諾 伊耶 |
| --- | --- | --- | --- |

| 問 | 要待幾天？ |
| --- | --- |

**Q：何日滞在しますか。**
nannichi taizai shimasuka
那恩尼七 它伊雜伊 西媽酥卡

| 答 | ○○。 |
| --- | --- |

**A：期間＋です。**
desu
爹酥

換個單字念念看

| 五天 | **五日間**<br>itsukakan<br>伊豬卡卡恩 | 兩星期 | **二週間**<br>nishuukan<br>尼咻～卡恩 |
| --- | --- | --- | --- |
| 一星期 | **一週間**<br>isshuukan<br>伊～咻～卡恩 | 一個月 | **一ヶ月**<br>ikkagetsu<br>伊～卡給豬 |

⑥ 通關（三）

Track ◎ 94

**句型** 請幫我○○。

# 動詞＋ください。
**kudasai**
枯答沙伊

## 換個單字念念看

| 開 | 開けて<br>akete<br>阿克耶貼 | 等 | 待って<br>matte<br>媽ㄟ貼 |
|---|---|---|---|
| 讓我看 | 見せて<br>misete<br>咪誰貼 | 說 | 言って<br>itte<br>伊ㄟ貼 |

**問** 這是什麼？

# Q：これは何ですか。
**kore wa nan desuka**
寇累 哇 那恩 爹酥卡

**答** ○○跟○○。

# A：名詞＋と＋名詞＋です。
**to** **desu**
豆 爹酥

## 換個單字念念看

| 日常用品／<br>名產 | 日常品 / お土産<br>nichijoohin / omiyage<br>尼七久～喝伊恩 / 歐咪呀給 | 衣服／<br>香煙 | 洋服 / タバコ<br>yoofuku / tabako<br>悠～夫枯 / 它拔寇 |
|---|---|---|---|

**⑦ 出國（買機票）**　　　Track ◎ **95**

| 句型 | 請到○○。 |

ねが
# 場所＋までお願いします。
**made onegai shimasu**
媽爹 歐內嘎伊 西媽酥

換個單字念念看

| 台北 | タイペイ<br>**台北**<br>taipee<br>它伊佩～ | 香港 | ホンコン<br>**香港**<br>honkon<br>后恩寇恩 |
| --- | --- | --- | --- |
| 日本 | に ほん<br>**日本**<br>nihon<br>尼后恩 | 北京 | ペ キン<br>**北京**<br>pekin<br>佩克伊恩 |

 例句

| 日本航空櫃檯在哪裡？ | に ほんこうくう<br>**日本航空のカウンターはどこですか。**<br>nihonkookuu no kauntaa wa doko desuka<br>尼后恩寇～枯～ 諾 卡烏恩它～ 哇 都寇 爹酥卡 |
| --- | --- |
| 我要辦登機手續。 | **チェックインします。**<br>chekkuin shimasu<br>切ㄟ枯伊恩 西媽酥 |
| 有靠窗的座位嗎？ | まどがわ　せき<br>**窓側の席はありますか。**<br>madogawa no seki wa arimasuka<br>媽都嘎哇 諾 誰克伊 哇 阿里媽酥卡 |

**⑧ 換錢**

Track ◎ **96**

**句型** 請〇〇。

# 名詞＋してください。
**shite kudasai**
西貼 枯答沙伊

## 換個單字念念看

| 兌幣 | りょうがえ<br>**両替**<br>ryoogae<br>溜～嘎耶 | 簽名 | **サイン**<br>sain<br>沙伊恩 |
|---|---|---|---|

| 換成日圓。 | に ほんえん<br>**日本円に。**<br>nihonen ni<br>尼后恩耶恩 尼 |
|---|---|
| 請換成五萬日圓。 | ご まんえん　　りょうがえ<br>**5万円に両替してください。**<br>gomanen ni ryoogaeshite kudasai<br>勾媽恩耶恩 尼 溜～嘎耶西貼 枯答沙伊 |
| 也請給我一些零鈔。 | こ ぜに　　ま<br>**小銭も混ぜてください。**<br>kozeni mo mazete kudasai<br>寇賊尼 某 媽賊貼 枯答沙伊 |
| 請讓我看一下護照。 | み<br>**パスポートを見せてください。**<br>pasupooto o misete kudasai<br>趴酥剖～豆 歐 咪誰貼 枯答沙伊 |

### ❾ 打電話

| 給我一張電話卡。 | テレホンカード一枚ください。<br>terehonkaado ichimai kudasai<br>貼累后恩卡～都 伊七媽伊 枯答沙伊 |
|---|---|
| 喂，我是台灣小李。 | もしもし、台湾の李です。<br>moshi moshi, taiwan no rii desu<br>某西 某西, 它伊哇恩 諾 里～ 爹酥 |
| 陽子小姐在嗎？ | 陽子さんはいらっしゃいますか。<br>yookosan wa irasshaimasuka<br>悠～寇沙恩 哇 伊拉～蝦伊媽酥卡 |
| 我剛到日本。 | ただいま、日本に着きました。<br>tadaima, nihon ni tsukimashita<br>它答伊媽, 尼后恩 尼 豬克伊媽西它 |
| 那麼就在新宿車站見面吧。 | では、新宿駅で会いましょう。<br>dewa, shinjukueki de aimashoo<br>爹哇, 西恩啾枯耶克伊 爹 阿伊媽休～ |

---

#### 馬上用得到的單字

| 打電話 | 電話する<br>denwasuru<br>爹恩哇酥魯 | 外出中 | 外出中<br>gaishutsuchuu<br>嘎伊咻豬七烏～ |
|---|---|---|---|
| 留言 | メッセージ<br>messeeji<br>妹～誰～基 | 不在家 | 留守<br>rusu<br>魯酥 |

 ⑩ 郵局

Track ◎ **98**

| 句型 | 麻煩寄○○。 |
|---|---|

ねが
# 名詞＋でお願いします。
de onegai shimasu
爹 歐內嘎伊 西媽酥

## 換個單字念念看

| 空運 | こうくうびん<br>**航空便**<br>kookuubin<br>寇～枯～逼恩 | 掛號 | かきとめ<br>**書留**<br>kakitome<br>卡克伊豆妹 |
|---|---|---|---|
| 船運 | ふなびん<br>**船便**<br>funabin<br>夫那逼恩 | 包裹 | こづつみ<br>**小包**<br>kozutsumi<br>寇茲豬咪 |

例句

| 費用多少？ | りょうきん<br>**料金はいくらですか。**<br>ryookin wa ikura desuka<br>溜～克伊恩 哇 伊枯拉 爹酥卡 |
|---|---|
| 麻煩寄到台灣。 | タイワン　　　　ねが<br>**台湾までお願いします。**<br>taiwan made onegai shimasu<br>它伊哇恩 媽爹 歐內嘎伊 西媽酥 |
| 請給我明信片10張。 | じゅうまい<br>**はがきを10枚ください。**<br>hagaki o juumai kudasai<br>哈嘎克伊 歐 啾～媽伊 枯答沙伊 |

**⑪ 在機場預約飯店**　　　Track ◎ 99

句型　○○多少錢？

# 名詞＋いくらですか。
## ikura desuka
伊枯拉 爹酥卡

換個單字念念看

| | | | |
|---|---|---|---|
| 一晚 | いっぱく<br>**一泊**<br>ippaku<br>伊〜趴枯 | 雙人房<br>（兩張單人床） | **ツインで**<br>tsuin de<br>豬伊恩 爹 |
| 一個人 | ひとり<br>**一人**<br>hitori<br>喝伊豆里 | 雙人房<br>（一張雙人床） | **ダブルで**<br>daburu de<br>答布魯 爹 |

 例句

| 我想預約。 | よやく<br>**予約したいです。**<br>yoyakushitai desu<br>悠呀枯西它伊 爹酥 |
|---|---|
| 有附早餐嗎？ | ちょうしょく<br>**朝食はつきますか。**<br>chooshoku wa tsukimasuka<br>秋〜休枯 哇 豬克伊媽酥卡 |
| 那樣就可以了。 | ねが<br>**それでお願いします。**<br>sorede onegai shimasu<br>搜累爹 歐內嘎伊 西媽酥 |

## ⑫ 坐機場巴士

Track ◎ **100**

| | |
|---|---|
| 有去ABC飯店嗎？ | ＡＢＣホテルへ行きますか。<br>eebiishii hoteru e ikimasuka<br>耶〜逼〜西〜 后貼魯耶 伊克伊媽酥卡 |
| 下一班巴士幾點？ | 次のバスは何時ですか。<br>tsugi no basu wa nanji desuka<br>豬哥伊 諾 拔酥 哇 那恩基 爹酥卡 |
| 給我一張到新宿的票。 | 新宿まで一枚ください。<br>shinjuku made ichimai kudasai<br>西恩啾枯 媽爹 伊七媽伊 枯答沙伊 |
| 請往右側出口出去。 | 右側の出口に出てください。<br>migigawa no deguchi ni dete kudasai<br>咪哥伊嘎哇 諾 爹估七 尼 爹貼 枯答沙伊 |
| 請在３號乘車處上車。 | ３番乗り場で乗車してください。<br>sanban noriba de jooshashite kudasai<br>沙恩拔恩 諾里拔 爹 久〜蝦西貼 枯答沙伊 |

### 馬上用得到的單字

| | | | |
|---|---|---|---|
| （車）票 | 切符<br>kippu<br>克伊ヘ撲 | 機場巴士 | リムジンバス<br>rimujinbasu<br>里母基恩拔酥 |
| 販售處 | 売り場<br>uriba<br>烏里拔 | 乘車處 | 乗り場<br>noriba<br>諾里拔 |

**① 在櫃臺**

句型　麻煩○○。

# 名詞＋をお願いします。
**o onegai shimasu**
歐 歐內嘎伊 西媽酥

換個單字念念看

| 住宿登記 | チェックイン<br>chekkuin<br>切ㄟ枯伊恩 | 行李 | 荷物<br>nimotsu<br>尼某豬 |
|---|---|---|---|

 例句

| 有預約。 | 予約してあります。<br>yoyakushite arimasu<br>悠呀枯西貼 阿里媽酥 |
|---|---|
| 沒預約。 | 予約してありません。<br>yoyakushite arimasen<br>悠呀枯西貼 阿里媽誰恩 |
| 幾點退房？ | チェックアウトは何時ですか。<br>chekkuauto wa nanji desuka<br>切ㄟ枯阿烏豆 哇 那恩基 爹酥卡 |
| 麻煩我要刷卡。 | カードでお願いします。<br>kaado de onegai shimasu<br>卡ㄟ都 爹 歐內嘎伊 西媽酥 |

**②住宿中的對話** Track ◎ 102

| 句型 | 請○○。 |

# 名詞＋動詞＋ください。
kudasai
枯答沙伊

## 換個單字念念看

| 更換 /<br>房間 | 部屋を / 変えて<br>heya o / kaete<br>黑呀 歐 / 卡耶貼 | 搬運 /<br>行李 | 荷物を / 運んで<br>nimotsu o / hakonde<br>尼某豬 歐 / 哈寇恩爹 |
|---|---|---|---|
| 借我 /<br>熨斗 | アイロンを /貸して<br>airon o / kashite<br>阿伊落恩 歐 / 卡西貼 | 告訴我 /<br>地方 | 場所を / 教えて<br>basho o / oshiete<br>拔休 歐 / 歐西耶貼 |

 例句

| 請打掃房間。 | 部屋を掃除してください。<br>heya o soojishite kudasai<br>黑呀 歐 搜～基西貼 枯答沙伊 |
|---|---|
| 請再給我一條毛巾。 | タオルをもう一枚ください。<br>taoru o moo ichimai kudasai<br>它歐魯 歐 某～ 伊七媽伊 枯答沙伊 |
| 鑰匙不見了。 | 鍵をなくしました。<br>kagi o nakushimashita<br>卡哥伊 歐 那枯西媽西它 |

③ 客房服務

Track ◎ **103**

| 100號客房。 | ひゃくごうしつ<br>**100号室です。**<br>hyaku gooshitsu desu<br>喝呀枯 勾〜西豬 爹酥 |
| --- | --- |
| 我要客房<br>服務。 | **ルームサービスをお願いします。**<br>ruumusaabisu o onegai shimasu<br>魯〜母沙〜逼酥 歐 歐內嘎伊 西媽酥 |
| 給我一客<br>披薩。 | ひと<br>**ピザを一つください。**<br>piza o hitotsu kudasai<br>披雜 歐 喝伊豆豬 枯答沙伊 |
| 我要送洗。 | せんたくもの<br>**洗濯物をお願いします。**<br>sentakumono o onegai shimasu<br>誰恩它枯某諾 歐 歐內嘎伊 西媽酥 |
| 早上6點請<br>叫醒我。 | あさろくじ<br>**朝6時にモーニングコールをお願いします。**<br>asa rokuji ni mooningukooru o onegai shimasu<br>阿沙 落枯基 尼 某〜尼恩估寇〜魯 歐 歐內嘎伊 西媽酥 |

---

**馬上用得到的單字**

| 床單 | **シーツ**<br>shiitsu<br>西〜豬 | 棉被 | ふ とん<br>**布団**<br>futon<br>夫豆恩 |
| --- | --- | --- | --- |
| 枕頭 | まくら<br>**枕**<br>makura<br>媽枯拉 | 衛生紙 | **トイレットペーパー**<br>toirettopeepaa<br>豆伊累〜豆佩〜趴〜 |

④ 退房　　　　　　　　　Track ◎ 104

| 我要退房。 | チェックアウトします。<br>chekkuauto shimasu<br>切〜枯阿烏豆 西媽酥 |
| --- | --- |
| 這是什麼？ | これは何<sup>なん</sup>ですか。<br>kore wa nan desuka<br>寇累 哇 那恩 爹酥卡 |
| 沒有使用迷你吧。 | ミニバーは利用<sup>りよう</sup>していません。<br>minibaa wa riyooshite imasen<br>咪尼拔〜 哇 里悠〜西貼 伊媽誰恩 |
| 請給我收據。 | 領収書<sup>りょうしゅうしょ</sup>をください。<br>ryooshuusho o kudasai<br>溜〜啉〜休 歐 枯答沙伊 |
| 多謝關照。 | お世話<sup>せわ</sup>になりました。<br>osewa ni narimashita<br>歐誰哇 尼 那里媽西它 |

馬上用得到的單字

| 冰箱 | 冷蔵庫<sup>れいぞうこ</sup><br>reezooko<br>累〜宙〜寇 | 稅金 | 税金<sup>ぜいきん</sup><br>zeekin<br>賊〜克伊恩 |
| --- | --- | --- | --- |
| 明細 | 明細<sup>めいさい</sup><br>meesai<br>妹〜沙伊 | 服務費 | サービス料<sup>りょう</sup><br>saabisuryoo<br>沙〜逼酥溜〜 |

**① 逛商店街**

**句型** ○○多少錢？

# 名詞＋數量＋いくらですか。
ikura desuka
伊枯拉 爹酥卡

### 換個單字念念看

| | |
|---|---|
| 這個 /<br>一個 | これ / 一つ<br>〔ひと〕<br>kore / hitotsu<br>寇累 / 喝伊豆豬 |
| 蘋果 /<br>一堆 | りんご / 一山<br>〔ひとやま〕<br>ringo / hitoyama<br>里恩勾 / 喝伊豆呀媽 |

 **例句**

| | |
|---|---|
| 歡迎光臨。 | いらっしゃいませ。<br>irasshai mase<br>伊拉へ 蝦伊 媽誰 |
| 可以試吃嗎？ | 試食してもいいですか。<br>〔ししょく〕<br>shishokushitemo ii desuka<br>西休枯西貼某 伊～ 爹酥卡 |
| 這個請給我一盒。 | これをワンパックください。<br>kore o wanpakku kudasai<br>寇累 歐 哇恩趴へ枯 枯答沙伊 |
| 算我便宜一點嘛。 | まけてくださいよ。<br>makete kudasaiyo<br>媽克耶貼 枯答沙伊悠 |

Step
1
假名與發音

Step
2
寒暄一下

Step
3
基本句型

Step
4
說說自己

Step
5
旅遊日語

## ② 在速食店

Track ◎ 106

| 句型 | 給我○○。 |

# 名詞＋數量＋ください。
**kudasai**
枯答沙伊

換個單字念念看

| 漢堡 / 兩個 | **ハンバーガー/二つ**<br>hanbaagaa / futatsu<br>哈恩拔～嘎～ / 夫它豬 | 蕃茄醬 / 一個 | **ケチャップ/一つ**<br>kecchappu / hitotsu<br>克耶洽へ撲 / 喝伊豆豬 |
|---|---|---|---|
| 可樂 / 三杯 | **コーラ / 三つ**<br>koora / mittsu<br>寇～拉 / 咪へ豬 | 薯條 / 四包 | **フライポテト/四つ**<br>furaipoteto / yottsu<br>夫拉伊剖貼豆 / 悠へ豬 |

例句

| 我可樂要中杯。 | **コーラはMです。**<br>koora wa emu desu<br>寇～拉 哇 耶母 爹酥 |
|---|---|
| 在這裡吃。 | **ここで食べます。**<br>koko de tabemasu<br>寇寇 爹 它貝媽酥 |
| 外帶。 | **テイクアウトします。**<br>teekuauto shimasu<br>貼～枯阿烏豆 西媽酥 |

**③ 在便利商店**

| | |
|---|---|
| 便當要加熱嗎？ | お弁当を温めますか。<br>obentoo o atatamemasuka<br>歐貝恩豆～歐 阿它它妹媽酥卡 |
| 幫我加熱。 | 温めてください。<br>atatamete kudasai<br>阿它它妹貼 枯答沙伊 |
| 需要筷子嗎？ | お箸は要りますか。<br>ohashi wa irimasuka<br>歐哈西 哇 伊里媽酥卡 |
| 收您一千日圓。 | 千円からお預かりします。<br>senen kara oazukari shimasu<br>誰恩耶恩 卡拉 歐阿茲卡里 西媽酥 |
| 找您兩百日圓。 | 2百円のおつりです。<br>nihyakuen no otsuri desu<br>尼喝呀枯耶恩 諾 歐豬里 爹酥 |

**馬上用得到的單字**

| | | | |
|---|---|---|---|
| 便利商店 | コンビニ<br>konbini<br>寇恩逼尼 | 果汁 | ジュース<br>juusu<br>啾～酥 |
| 收銀台 | レジ<br>reji<br>累基 | 袋子 | 袋<br>fukuro<br>夫枯落 |

**④ 找餐廳**

Track ◎ **108**

| 句型 | 附近有○○嗎？ |
| --- | --- |

# 近くに＋形容詞＋商店＋はありますか。
chikaku ni　　　　　　　　　　　　wa arimasuka
七卡枯 尼　　　　　　　　　　　　哇 阿里媽酥卡

換個單字念念看

| 好吃的/<br>餐廳 | おいしい/レストラン<br>oishii / resutoran<br>歐伊西～ / 累酥豆拉恩 | 不錯的/<br>壽司店 | いい / 寿司屋<br>ii / sushiya<br>伊～ / 酥西呀 |
| --- | --- | --- | --- |
| 便宜的/<br>拉麵店 | 安い/ラーメン屋<br>yasui / raamenya<br>呀酥伊 / 拉～妹恩呀 | 有趣的/<br>商店 | 面白い / 店<br>omoshiroi / mise<br>歐某西落伊 / 咪誰 |

例句

| 價錢多少？ | 値段はどれくらいですか。<br>nedan wa dorekurai desuka<br>內答恩 哇 都累枯拉伊 爹酥卡 |
| --- | --- |
| 好吃嗎？ | おいしいですか。<br>oishii desuka<br>歐伊西～ 爹酥卡 |
| 地方在哪裡？ | 場所はどこですか。<br>basho wa doko desuka<br>拔休 哇 都寇 爹酥卡 |

⑤ 打電話預約　　　　　　　　　　Track ◎ 109

**句型**　○○。

# 時間＋數量＋です。
desu
爹酥

換個單字念念看

| 今晚<br>7點/<br>兩人 | こんばんしちじ ふたり<br>**今晩7時 / 二人**<br>konban shichiji / futari<br>寇恩拔恩 西七基/夫它里 | 明晚<br>8點/<br>四人 | あした よるはちじ よにん<br>**明日の夜8時 / 四人**<br>ashita no yoru hachiji / yonin<br>阿西它 諾 悠魯 哈七基/ 悠尼恩 |
|---|---|---|---|

 例句

| 我姓李。 | リー もう<br>**李と申します。**<br>rii to mooshimasu<br>里～ 豆 某～西媽酥 |
|---|---|
| 套餐多少錢？ | **コースはいくらですか。**<br>koosu wa ikura desuka<br>寇～酥 哇 伊枯拉 爹酥卡 |
| 請給我靠窗的座位。 | まどがわ せき ねが<br>**窓側の席をお願いします。**<br>madogawa no seki o onegai shimasu<br>媽都嘎哇 諾 誰克伊 歐 歐內嘎伊 西媽酥 |
| 請傳真地圖給我。 | ち ず<br>**地図をファックスしてください。**<br>chizu o fakkusu shite kudasai<br>七茲歐 發～枯酥 西貼 枯答沙伊 |

## ❻ 進入餐廳

Track ◎ 110

| | |
|---|---|
| 我姓李。預約7點。 | リー しちじ よやく<br>**李です。7時に予約してあります。**<br>ril desu, shichiji ni yoyakushite arimasu<br>里～ 爹酥, 西七基 尼 悠呀枯西貼 阿里媽酥 |
| 四人。 | よにん<br>**四人です。**<br>yonin desu<br>悠尼恩 爹酥 |
| 有非吸煙區嗎？ | きんえんせき<br>**禁煙席はありますか。**<br>kinenseki wa arimasuka<br>克伊恩耶恩誰克伊 哇 阿里媽酥卡 |
| 沒有預約。 | よやく<br>**予約してありません。**<br>yoyakushite arimasen<br>悠呀枯西貼 阿里媽誰恩 |
| 要等多久？ | ま<br>**どれくらい待ちますか。**<br>dorekurai machimasuka<br>都累枯拉伊 媽七媽酥卡 |

### 馬上用得到的單字

| | | | |
|---|---|---|---|
| 吸煙區 | きつえんせき<br>**喫煙席**<br>kitsuenseki<br>克伊豬耶恩誰克伊 | 客滿 | まんいん<br>**満員**<br>manin<br>媽恩伊恩 |
| 包廂 | こ しつ<br>**個室**<br>koshitsu<br>寇西豬 | 有位子 | あ<br>**空く**<br>aku<br>阿枯 |

## ⑦ 點餐

Track ◎ 111

| | |
|---|---|
| 請給我菜單。 | **メニューを見せてください。**<br>menyuu o misete kudasai<br>妹牛～ 歐 咪誰貼 枯答沙伊 |
| 我要點菜。 | **注文をお願いします。**<br>chuumon o onegai shimasu<br>七烏～某恩 歐 歐內嘎伊 西媽酥 |
| 招牌菜是什麼？ | **お勧め料理は何ですか。**<br>osusumeryoori wa nan desuka<br>歐酥酥妹溜～里 哇 那恩 爹酥卡 |

---

**句型** 我要○○。

# 料理＋にします。
**ni shimasu**
尼 西媽酥

### 換個單字念念看

| 天婦羅套餐 | **天ぷら定食**<br>tenpura teeshoku<br>貼恩撲拉 貼～休枯 | A套餐 | **Aコース**<br>ee koosu<br>耶～ 寇～酥 |
|---|---|---|---|
| 梅花套餐 | **梅定食**<br>ume teeshoku<br>烏妹 貼～休枯 | 那個 | **それ**<br>sore<br>搜累 |

**⑧ 點飲料**

| 問 | 飲料呢？ |
|---|---|

**Q：お飲（の）み物（もの）は。**
onomimono wa
歐諾咪某諾 哇

| 答 | 給我○○。 |
|---|---|

**A：飲料＋を＋數量＋ください。**
o　　　　　　　　　　kudasai
歐　　　　　　　　　　枯答沙伊

**換個單字念念看**

| 啤酒 / 兩杯 | ビール / 二（ふた）つ biiru / futatsu 逼～魯 夫它豬 | 咖啡 / 三杯 | コーヒー / 三（みっ）つ koohii / mittsu 寇～喝伊～ / 咪～豬 |
|---|---|---|---|
| 果汁 / 一杯 | ジュース / 一（ひと）つ juusu / hitotsu 啾～酥 / 喝伊豆豬 | 紅茶 / 一杯 | 紅茶（こうちゃ） / 一（ひと）つ koocha / hitotsu 寇～洽 / 喝伊豆豬 |

例句

| 飲料要飯前還是飯後送？ | お飲（の）み物（もの）は食前（しょくぜん）ですか、食後（しょくご）ですか。 onomimono wa shokuzen desuka, shokugo desuka 歐諾咪某諾 哇 休枯賊恩 爹酥卡, 休枯勾 爹酥卡 |
|---|---|
| 請飯後再上。 | 食後（しょくご）にお願（ねが）いします。 shokugo ni onegai shimasu 休枯勾 尼 歐內嘎伊 西媽酥 |

## ⑨ 進餐後付款

Track ◎ **113**

| | |
|---|---|
| 麻煩結帳。 | お勘定をお願いします。<br>okanjoo o onegai shimasu<br>歐卡恩久～ 歐 歐內嘎伊 西媽酥 |
| 請分開結帳。 | 別々でお願いします。<br>betsubetsu de onegai shimasu<br>貝豬貝豬 爹 歐內嘎伊 西媽酥 |
| 請一次付清。 | 一括でお願いします。<br>ikkatsu de onegai shimasu<br>伊ㄟ卡豬 爹 歐內嘎伊 西媽酥 |
| 我要刷卡。 | カードでお願いします。<br>kaado de onegai shimasu<br>卡～都 爹 歐內嘎伊 西媽酥 |
| 謝謝您的招待。 | ご馳走様でした。<br>gochisoosama deshita<br>勾七搜～沙媽 爹西它 |

### 馬上用得到的單字

| | | | |
|---|---|---|---|
| 點菜 | 注文<br>chuumon<br>七烏～某恩 | 現金 | 現金<br>genkin<br>給恩克伊恩 |
| 費用 | 費用<br>hiyoo<br>喝伊悠～ | 付錢 | 払う<br>harau<br>哈拉烏 |

① 坐電車　　　　　Track ◎ 114

**句型**　我想到○○。

# 場所＋まで行きたいです。

い

made ikitai desu

媽爹 伊克伊它伊 爹酥

### 換個單字念念看

| 澀谷車站 | しぶやえき<br>**渋谷駅**<br>shibuya eki<br>西布呀 耶克伊 | 原宿車站 | はらじゅくえき<br>**原宿駅**<br>harajuku eki<br>哈拉啾枯 耶克伊 |

 例句

| 下一班電車幾點到？ | つぎ　でんしゃ　なんじ<br>次の電車は何時ですか。<br>tsugi no densha wa nanji desuka<br>豬哥伊 諾 爹恩蝦 哇 那恩基 爹酥卡 |
|---|---|
| 會停秋葉原車站嗎？ | あきはばらえき<br>秋葉原駅にとまりますか。<br>akihabara eki ni tomarimasuka<br>阿克伊哈拔拉 耶克伊 尼 豆媽里媽酥卡 |
| 在品川車站換車嗎？ | しながわえき　の　か<br>品川駅で乗り換えますか。<br>shinagawa eki de norikaemasuka<br>西那嘎哇 耶克伊 爹 諾里卡耶媽酥卡 |
| 下一站哪裡？ | つぎ　えき<br>次の駅はどこですか。<br>tsugi no eki wa doko desuka<br>豬哥伊 諾 耶克伊 哇 都寇 爹酥卡 |

## ② 坐公車

| | |
|---|---|
| 公車站在哪裡？ | バス停はどこですか。<br>basutee wa doko desuka<br>拔酥貼～ 哇 都寇 爹酥卡 |
| 這台公車有到東京車站嗎？ | このバスは東京駅へ行きますか。<br>kono basu wa tookyoo eki e ikimasuka<br>寇諾 拔酥 哇 豆～卡悠～ 耶克伊 耶 伊克伊媽酥卡 |
| 幾號公車能到？ | 何番のバスが行きますか。<br>nanban no basu ga ikimasuka<br>那恩拔恩 諾 拔酥 嘎 伊克伊媽酥卡 |
| 東京車站在第幾站？ | 東京駅はいくつ目ですか。<br>tookyoo eki wa ikutume desuka<br>豆～卡悠～ 耶克伊 哇 伊枯豬妹 爹酥卡 |
| 到了請告訴我。 | 着いたら教えてください。<br>tsuitara oshiete kudasai<br>豬伊它拉 歐西耶貼 枯答沙伊 |

### 馬上用得到的單字

| 路線圖 | 路線図<br>rosenzu<br>落誰恩茲 | 乘車券 | 乗車券<br>jooshaken<br>久～蝦克耶恩 |
|---|---|---|---|
| 往 | 行き<br>iki<br>伊克伊 | 門 | ドア<br>doa<br>都阿 |

**③ 坐計程車**　　Track ◎ **116**

**句型**　請到○○。

# 場所＋までお願<small>ねが</small>いします。
**made onegai shimasu**
媽爹 歐內嘎伊 西媽酥

換個單字念念看

| 王子飯店 | プリンスホテル<br>purinsu hoteru<br>撲里恩酥 后貼魯 | 上野車站 | 上野駅<small>うえ の えき</small><br>ueno eki<br>烏耶諾 耶克伊 |
|---|---|---|---|

 例句

| 這裡(拿紙給對方看)。 | ここ（紙<small>かみ</small>を見<small>み</small>せる）。<br>koko (kami o miseru)<br>寇寇（卡咪 歐 咪誰魯） |
|---|---|
| 到那裡要花多少時間？ | そこまでどれくらいかかりますか。<br>soko made dorekurai kakarimasuka<br>搜寇 媽爹 都累枯拉伊 卡卡里媽酥卡 |
| 請右轉。 | 右<small>みぎ</small>に曲<small>ま</small>がってください。<br>migi ni magatte kudasai<br>咪哥伊 尼 媽嘎ㄟ貼 枯答沙伊 |
| 這裡就可以了。 | ここでいいです。<br>koko de iidesu<br>寇寇 爹 伊～爹酥 |

④ 租車子     Track ◎ **117**

| | |
|---|---|
| 我想租車。 | **車を借りたいです。**<br>kuruma o karitai desu<br>枯魯媽 歐 卡里它伊 爹酥 |
| 押金多少錢？ | **保証金はいくらですか。**<br>hoshookin wa ikura desuka<br>后休〜克伊恩 哇 伊枯拉 爹酥卡 |
| 有附保險嗎？ | **保険はついていますか。**<br>hoken wa tsuite imasuka<br>后克耶恩 哇 豬伊貼 伊媽酥卡 |
| 車子故障了。 | **車が故障しました。**<br>kuruma ga koshoo shimashita<br>枯魯媽 嘎 寇休〜 西媽西它 |
| 這台車還你。 | **この車を返します。**<br>kono kuruma o kaeshimasu<br>寇諾 枯魯媽 歐 卡耶西媽酥 |

馬上用得到的單字

| | | | |
|---|---|---|---|
| 租車 | **レンタカー**<br>rentakaa<br>累恩它卡〜 | 契約書 | **契約書**<br>keeyakusho<br>客〜呀枯休 |
| 國際駕駛<br>執照 | **国際運転免許証**<br>kokusaiunten menkyoshoo<br>寇枯沙伊烏恩貼恩 妹恩卡悠休〜 | 爆胎 | **パンク**<br>panku<br>趴恩枯 |

**⑤ 迷路了**

Track ◎ **118**

| | |
|---|---|
| 上野車站在哪裡？ | <ruby>上野<rt>うえの</rt></ruby><ruby>駅<rt>えき</rt></ruby>はどこですか。<br>ueno eki wa doko desuka<br>烏耶諾 耶克伊 哇 都寇 爹酥卡 |
| 請沿這條路直走。 | この<ruby>道<rt>みち</rt></ruby>をまっすぐ<ruby>行<rt>い</rt></ruby>ってください。<br>kono michi o massugu itte kudasai<br>寇諾 咪七 歐 媽ㄟ酥估 伊ㄟ貼 枯答沙伊 |
| 請在下一個紅綠燈處右轉。 | <ruby>次<rt>つぎ</rt></ruby>の<ruby>信号<rt>しんごう</rt></ruby>を<ruby>右<rt>みぎ</rt></ruby>に<ruby>曲<rt>ま</rt></ruby>がってください。<br>tsugi no shingoo o migi ni magatte kudasai<br>豬哥伊 諾 西恩勾～ 歐 咪哥伊 尼 媽嘎ㄟ貼 枯答沙伊 |
| 上野車站在左邊。 | <ruby>上野<rt>うえの</rt></ruby><ruby>駅<rt>えき</rt></ruby>は<ruby>左側<rt>ひだりがわ</rt></ruby>にあります。<br>uenoeki wa hidarigawa ni arimsu<br>烏耶諾耶克伊 哇 喝伊答里嘎哇 尼 阿里媽酥 |

**句型** ○○嗎？

# 名詞＋は＋形容詞＋ですか。
**wa** **desuka**
哇 爹酥卡

**換個單字念念看**

| | | | |
|---|---|---|---|
| 車站 / 遠 | <ruby>駅<rt>えき</rt></ruby> / <ruby>遠<rt>とお</rt></ruby>い<br>eki / tooi<br>耶克伊 / 豆～伊 | 那裡 / 近 | そこ / <ruby>近<rt>ちか</rt></ruby>い<br>soko / chikai<br>搜寇 / 七卡伊 |

**①在旅遊詢問中心**

---

句型　想○○。

# 名詞＋を（へ…）＋動詞＋たいです。
o　　e　　　　　　　　tai desu
歐　　耶　　　　　　　它伊 爹酥

---

**換個單字念念看**

| 看 /煙火 | 花火を / 見<br>hanabi o / mi<br>哈那逼 歐 / 咪 | 去 /迪士尼樂園 | ディズニーランドへ/行き<br>dizuniirando e / iki<br>低茲尼〜拉恩都 耶 / 伊克伊 |
|---|---|---|---|
| 看 /慶典 | お祭りを/見<br>omatsuri o / mi<br>歐媽豬里 歐 / 咪 | | |

---

例句

| 請給我地圖。 | 地図をください。<br>chizu o kudasai<br>七茲 歐 枯答沙伊 |
|---|---|
| 博物館現在有開嗎？ | 博物館は今開いていますか。<br>hakubutsukan wa ima aite imasuka<br>哈枯布豬卡恩 哇 伊媽 阿伊貼 伊媽酥卡 |
| 這裡可以買票嗎？ | ここでチケットは買えますか。<br>koko de chiketto wa kaemasuka<br>寇寇 爹 七克耶〜豆 哇 卡耶媽酥卡 |

② 跟旅行團

Track ◎ 120

Step
1
假名與發音

Step
2
寒暄一下

Step
3
基本句型

Step
4
說說自己

Step
5
旅遊日語

**句型** 我要〇〇。

# 名詞＋がいいです。

ga ii desu

嘎 伊～ 爹酥

## 換個單字念念看

| | | | |
|---|---|---|---|
| 一日行程 | いちにち<br>**一日コース**<br>ichinichi koosu<br>伊七尼七 寇～酥 | 下午行程 | ご ご<br>**午後コース**<br>gogo koosu<br>勾勾 寇～酥 |

 例句

| | |
|---|---|
| 有附餐嗎？ | しょくじ じ つ<br>**食事は付きますか。**<br>shokuji wa tsukimasuka<br>休枯基 哇 豬克伊媽酥卡 |
| 幾點出發？ | しゅっぱつ なん じ<br>**出発は何時ですか。**<br>shuppatsu wa nanji desuka<br>咻～趴豬 哇 那恩基 爹酥卡 |
| 幾點回來？ | なん じ もど<br>**何時に戻りますか。**<br>nanji ni modorimasuka<br>那恩基 尼 某都里媽酥卡 |

## 馬上用得到的單字

| | | | |
|---|---|---|---|
| 旅行團 | **ツアー**<br>tsuaa<br>豬阿～ | 活動 | **イベント**<br>ibento<br>伊貝恩豆 |
| 半天 | はんにち<br>**半日**<br>hannichi<br>哈恩尼七 | 免費 | む りょう<br>**無料**<br>muryoo<br>母溜～ |

③ 拍照

**句型** 可以○○嗎？

# 名詞＋を＋動詞＋もいいですか。

o
歐

mo ii desuka
某 伊～ 爹酥卡

### 換個單字念念看

| 照／相 | 写真 / 撮って<br>shashin / totte<br>蝦西恩 / 豆へ貼 | 抽／煙 | タバコ / 吸って<br>tabako / sutte<br>它拔寇 / 酥へ貼 |
|---|---|---|---|

例句

| 可以幫我拍照嗎？ | 写真を撮っていただけますか。<br>shashin o totte itadakemasuka<br>蝦西恩 歐 豆へ貼 伊它答克耶媽酥卡 |
|---|---|
| 只要按這裡就行了。 | ここを押すだけです。<br>koko o osu dake desu<br>寇寇 歐 歐酥 答克耶 爹酥 |
| 可以一起照個相嗎？ | 一緒に写真を撮ってもいいですか。<br>issho ni shashin o tottemo ii desuka<br>伊へ休 尼 蝦西恩 歐 豆へ貼某 伊～ 爹酥卡 |
| 麻煩再拍一張。 | もう一枚お願いします。<br>moo ichimai onegai shimasu<br>某～ 伊七媽伊 歐內嘎伊 西媽酥 |

④ 到美術館、博物館

Track ◎ 122

句型　○○呀！

# 形容詞＋名詞＋ですね。
desune
爹酥內

## 換個單字念念看

| 好棒的/畫 | 素敵な / 絵<br>suteki na / e<br>酥貼克伊那 / 耶 | 好傑出的/作品 | すばらしい/作品<br>subarasii / sakuhin<br>酥拔拉西〜/沙枯喝伊恩 |
|---|---|---|---|
| 好漂亮的/和服 | 綺麗な / 着物<br>kiree na / kimono<br>克伊累〜那 / 克伊某諾 | 好壯觀的/建築物 | すごい / 建物<br>sugoi / tatemono<br>酥勾伊 / 它貼某諾 |

 例句

| 入場費多少？ | 入場料はいくらですか。<br>nyuujooryoo wa ikura desuka<br>牛〜久〜溜〜 哇 伊枯拉 爹酥卡 |
|---|---|
| 有館內導遊服務嗎？ | 館内ガイドはいますか。<br>kannai gaido wa imasuka<br>卡恩那伊 嘎伊都 哇 伊媽酥卡 |
| 幾點休館？ | 何時に閉館ですか。<br>nanji ni heekan desuka<br>那恩基 尼 黑〜卡恩 爹酥卡 |

右側邊欄：
Step 1 假名與發音
Step 2 寒暄一下
Step 3 基本句型
Step 4 說說自己
Step 5 旅遊日語

**⑤ 買票**

---

句型　給我○○。

# 名詞＋數量＋お願いします。
**onegai shimasu**
歐內嘎伊　西媽酥

---

**換個單字念念看**

成人票 /
兩張

おとな　にまい
**大人 / 二枚**
otona / nimai
歐豆那 / 尼媽伊

學生票 /
一張

がくせい　いちまい
**学生 / 一枚**
gakusee / ichimai
嘎枯誰～ / 伊七媽伊

---

 **例句**

| 售票處在哪裡？ | う　　ば<br>**チケット売り場はどこですか。**<br>chiketto uriba wa doko desuka<br>七克耶へ豆　烏里拔　哇　都寇　爹酥卡 |
| --- | --- |
| 學生有折扣嗎？ | がくせいわりびき<br>**学生割引はありますか。**<br>gakusee waribiki wa arimasuka<br>嘎枯誰～　哇里逼克伊　哇　阿里媽酥卡 |
| 我要一樓的位子。 | いっかい　せき<br>**1階の席がいいです。**<br>ikkai no seki ga ii desu<br>伊へ卡伊　諾　誰克伊　嘎　伊～　爹酥 |
| 有沒有更便宜的座位？ | やす　せき<br>**もっと安い席はありますか。**<br>motto yasui seki wa arimasuka<br>某へ豆　呀酥伊　誰克伊　哇　阿里媽酥卡 |

**⑥ 看電影、聽演唱會**

Track ◎ **124**

| 句型 | 想看〇〇。 |
|---|---|

# 名詞＋を見<sup>み</sup>たいです。
**o mitai desu**
歐 咪它伊 爹酥

## 換個單字念念看

| 電影 | 映画<sup>えいが</sup><br>eega<br>耶～嘎 | 音樂會 | コンサート<br>konsaato<br>寇恩沙～豆 |
|---|---|---|---|

 例句

| 目前受歡迎的電影是哪一部？ | 今<sup>いま</sup>、人気<sup>にんき</sup>のある映画<sup>えいが</sup>は何<sup>なん</sup>ですか。<br>ima, ninki no aru eega wa nan desuka<br>伊媽, 尼恩克伊 諾 阿魯 耶～嘎 哇 那恩 爹酥卡 |
|---|---|
| 會上映到什麼時候？ | いつまで上演<sup>じょうえん</sup>していますか。<br>itsu made jooen shite imasuka<br>伊豬 媽爹 久～耶恩 西貼 伊媽酥卡 |
| 下一場幾點上映？ | 次<sup>つぎ</sup>の上映<sup>じょうえい</sup>は何時<sup>なんじ</sup>ですか。<br>tsugi no jooen wa nanji desuka<br>豬哥伊 諾 久～耶恩 哇 那恩基 爹酥卡 |
| 幾分前可進場？ | 何分前<sup>なんぷんまえ</sup>に入<sup>はい</sup>りますか。<br>nanpunmae ni hairimasuka<br>那恩撲恩媽耶 尼 哈伊里媽酥卡 |

**⑦ 去唱卡拉 OK**　　　Track ◎ **125**

| 句型 | ○○多少錢？ |
|---|---|

# 數量＋いくらですか。
**ikura desuka**
伊枯拉 爹酥卡

### 換個單字念念看

| 一小時 | いち じ かん<br>**一時間**<br>ichijikan<br>伊七基卡恩 | 一個人 | ひ と り<br>**一人**<br>hitori<br>喝伊豆里 |
|---|---|---|---|

| 去卡拉OK吧。 | い<br>**カラオケに行きましょう。**<br>karaoke ni ikimashoo<br>卡拉歐克耶 尼 伊克伊媽休～ |
|---|---|
| 基本消費多少？ | き ほんりょうきん<br>**基本料金はいくらですか。**<br>kihonryookin wa ikuradesuka<br>克伊后恩溜～克伊恩 哇 伊枯拉爹酥卡 |
| 可以延長嗎？ | えんちょう<br>**延長はできますか。**<br>enchoo wa dekimasuka<br>耶恩秋～ 哇 爹克伊媽酥卡 |
| 遙控器如何使用？ | つか<br>**リモコンはどうやって使いますか。**<br>rimokon wa dooyatte tsukaimasuka<br>里某寇恩 哇 都～呀ㄟ貼 豬卡伊媽酥卡 |

Step
1
假名與發音

Step
2
寒暄一下

Step
3
基本句型

Step
4
說說自己

Step
5
旅遊日語

⑧ 去算命　　　　　Track ◎ 126

**句型**　○○的○○如何？

# 時間＋の＋名詞＋はどうですか。
no　　　　　　　wa doo desuka
諾　　　　　　　哇 都～ 爹酥卡

## 換個單字念念看

| 今年/<br>運勢 | 今年 / 運勢<br>こ と し / うんせい<br>kotoshi / unsee<br>寇豆西 / 烏恩誰～ | 這個月/<br>工作運 | 今月 / 仕事運<br>こんげつ / し ご と うん<br>kongetsu / shigotoun<br>寇恩給豬 / 西勾豆烏恩 |
|---|---|---|---|
| 明年/<br>財運 | 来年 / 金銭運<br>らいねん / きんせんうん<br>rainen / kinsenun<br>拉伊內恩/克伊恩誰恩烏恩 | 這星期/<br>愛情運勢 | 今週 / 愛情運<br>こんしゅう / あいじょううん<br>konshuu / aijooun<br>寇恩咻～/阿伊久～烏恩 |

## 例句

| 我出生於1972<br>年9月18日。 | １９７２年９月１８日生まれです。<br>せんきゅうひゃくななじゅうにねん く がつじゅうはちにち う<br>sen kyuuhyaku nanajuu ni nen kugatsu juuhachinichi umaredesu<br>誰恩 卡伊烏～喝呀枯 那那啾～ 尼 內恩 枯嘎豬 啾～哈七尼七 烏媽累爹酥 |
|---|---|
| 請幫我看看和<br>女朋友（男朋<br>友）合不合。 | 恋人との相性を見てください。<br>こいびと / あいしょう / み<br>koibito tono aishoo o mite kudasai<br>寇伊逼豆 豆諾 阿伊休～ 歐 咪貼 枯答沙伊 |
| 可以買護身符<br>嗎？ | お守りを買えますか。<br>ま も / か<br>omamori o kaemasuka<br>歐媽某里 歐 卡耶媽酥卡 |

## ❾ 夜晚的娛樂

| 句型 | 附近有○○嗎？ |
|---|---|

### ちか
# 近くに＋場所＋はありますか。
**chikaku ni** ・ **wa arimasuka**
七卡枯 尼 ・ 哇 阿里媽酥卡

### 換個單字念念看

| 酒吧 | バー<br>baa<br>拔〜 | 夜店 | ナイトクラブ<br>naitokurabu<br>那伊豆枯拉布 |
|---|---|---|---|
| 居酒屋 | いざかや<br>居酒屋<br>izakaya<br>伊雜卡呀 | 爵士酒吧 | ジャズクラブ<br>jazukurabu<br>甲茲枯拉布 |

 例句

| 女性要2000日圓。 | じょせい にせんえん<br>女性は2000円です。<br>josee wa nisenen desu<br>久誰〜 哇 尼誰恩耶恩 爹酥 |
|---|---|
| 音樂不錯呢。 | おんがく<br>音楽がいいですね。<br>ongaku ga ii desune<br>歐恩嘎枯 嘎 伊〜 爹酥內 |
| 點菜最晚是幾點？ | なんじ<br>ラストオーダーは何時ですか。<br>rasutooodaa wa nanji desuka<br>拉酥豆歐〜答〜 哇 那恩基 爹酥卡 |

## ⑩ 看棒球

Track ◎ **128**

| | |
|---|---|
| 今天有巨人隊的比賽嗎？ | **今日は巨人の試合がありますか。**<br>kyoo wa kyojin no shiai ga arimasuka<br>卡悠～ 哇　卡悠基恩 諾 西阿伊 嘎 阿里媽酥卡 |
| 哪兩隊的比賽？ | **どこ対どこの試合ですか。**<br>doko tai doko no shiai desuka<br>都寇 它伊 都寇 諾 西阿伊 爹酥卡 |
| 請給我兩張一壘附近的座位。 | **一塁側の席を２枚ください。**<br>ichiruigawa no seki o nimai kudasai<br>伊七魯伊嘎哇 諾 誰克伊 歐 尼媽伊 枯答沙伊 |
| 可以坐這裡嗎？ | **ここに座ってもいいですか。**<br>koko ni suwattemo ii desuka<br>寇寇 尼 酥哇〜貼某 伊～ 爹酥卡 |
| 請簽名。 | **サインをください。**<br>sain o kudasai<br>沙伊恩 歐 枯答沙伊 |

## 馬上用得到的單字

| | | | |
|---|---|---|---|
| 棒球場 | **野球場**<br>yakyuujoo<br>呀卡伊烏～久～ | 三振 | **三振**<br>sanshin<br>沙恩西恩 |
| 夜間棒球賽 | **ナイター**<br>naitaa<br>那伊它～ | 全壘打 | **ホームラン**<br>hoomuran<br>后～母拉恩 |

## ① 買衣服

**句型** 在找○○。

# 衣服＋を探<sup>さが</sup>しています。

o sagashite imasu
歐 沙嘎西貼 伊媽酥

### 換個單字念念看

| | | | |
|---|---|---|---|
| 裙子 | **スカート**<br>sukaato<br>酥卡～豆 | 外套 | **コート**<br>kooto<br>寇～豆 |
| 褲子 | **ズボン**<br>zubon<br>茲剝恩 | T恤 | **Tシャツ**<sup>ティー</sup><br>tii shatsu<br>踢 蝦豬 |

| | |
|---|---|
| 婦女服飾賣場在哪裡？ | 婦人服売り場<sup>ふ じんふく う ば</sup>はどこですか。<br>fujinfuku uriba wa doko desuka<br>夫基恩夫枯 烏里拔 哇 都寇 爹酥卡 |
| 這個如何？ | こちらはいかがですか。<br>kochira wa ikaga desuka<br>寇七拉 哇 伊卡嘎 爹酥卡 |
| 這條褲子如何？ | このズボンはどうですか。<br>kono zubon wa doo desuka<br>寇諾 茲剝恩 哇 都～ 爹酥卡 |

② 試穿衣服　　　　　　　　　　Track ◎ 130

Step
1
假名與發音

Step
2
寒暄一下

Step
3
基本句型

Step
4
說說自己

Step
5
旅遊日語

**句型**　可以○○嗎？

# 動詞＋もいいですか。
**mo ii desuka**
某 伊～ 爹酥卡

換個單字念念看

| 試穿 | **試着して**<br>（し ちゃく）<br>shichakushite<br>西洽枯西貼 | 摸 | **触って**<br>（さわ）<br>sawatte<br>沙哇ㄟ貼 |

 例句

| 那個讓我看一下。 | **それを見せてください。**<br>（み）<br>sore o misete kudasai<br>搜累 歐 咪誰貼 枯答沙伊 |
| 有點小呢。 | **ちょっと小さいですね。**<br>（ちい）<br>chotto chiisai desune<br>秋ㄟ豆 七～沙伊 爹酥內 |
| 有沒有白色的？ | **白いのはありませんか。**<br>（しろ）<br>shiroi no wa arimasenka<br>西落伊 諾 哇 阿里媽誰恩卡 |
| 這是麻嗎？ | **これは麻ですか。**<br>（あさ）<br>kore wa asa desuka<br>寇累 哇 阿沙 爹酥卡 |

③ 決定要買

Track ◎ 131

| 有點長。 | ちょっと長<sub>なが</sub>いです。<br>chotto nagai desu<br>秋〜豆 那嘎伊 爹酥 |
|---|---|
| 長度可以改短一點嗎？ | 丈<sub>たけ</sub>をつめられますか。<br>take o tsumeraremasuka<br>它克耶 歐 豬妹拉累媽酥卡 |
| 顏色不錯呢。 | 色<sub>いろ</sub>がいいですね。<br>iro ga ii desune<br>伊落 嘎 伊〜 爹酥內 |
| 非常喜歡。 | とても気<sub>き</sub>に入<sub>い</sub>りました。<br>totemo ki ni irimashita<br>豆貼某 克伊 尼 伊里媽西它 |
| 我要這個。 | これにします。<br>kore ni shimasu<br>寇累 尼 西媽酥 |

**馬上用得到的單字**

| 白色 | 白<sub>しろ</sub><br>shiro<br>西落 | 紅色 | 赤<sub>あか</sub><br>aka<br>阿卡 |
|---|---|---|---|
| 黑色 | 黒<sub>くろ</sub><br>kuro<br>枯落 | 藍色 | 青<sub>あお</sub><br>ao<br>阿歐 |

④ 買鞋子

**句型** 想要○○。

# 鞋子＋が欲しいです。
**ga hoshii desu**
嘎 后西～ 爹酥

### 換個單字念念看

| 休閒鞋 | スニーカー<br>suniikaa<br>酥尼～卡～ | 高跟鞋 | ハイヒール<br>haihiiru<br>哈伊喝伊～魯 |
|---|---|---|---|
| 涼鞋 | サンダル<br>sandaru<br>沙恩答魯 | 靴子 | ブーツ<br>buutsu<br>布～豬 |

**句型** 太○○。

# 形容詞＋すぎます。
**sugimasu**
酥哥伊媽酥

### 換個單字念念看

| 大 | 大き<br>ooki<br>歐～克伊 | 長 | 長<br>naga<br>那嘎 |
|---|---|---|---|
| 小 | 小さ<br>chiisa<br>七～沙 | 短 | 短<br>mijika<br>咪基卡 |

147

**⑤ 決定買鞋子**

| 句型 | 我要○○。 |
|---|---|

# 形容詞の（なの）＋がいいです。

no (nano) ga ii desu
諾 （那諾） 嘎 伊～ 爹酥

換個單字念念看

| 小的 | **小さい**<br>ちい<br>chiisai<br>七～沙伊 | 黑的 | **黒い**<br>くろ<br>kuroi<br>枯落伊 |
|---|---|---|---|

 例句

| 有點緊。 | **ちょっときついです。**<br>chotto kitsui desu<br>秋～豆 克伊豬伊 爹酥 |
|---|---|
| 最受歡迎的是哪一雙？ | **一番人気なのはどれですか。**<br>いちばんにん き<br>ichiban ninki nano wa dore desuka<br>伊七拔恩 尼恩克伊 那諾 哇 都累 爹酥卡 |
| 請給我這一雙。 | **これをください。**<br>kore o kudasai<br>寇累 歐 枯答沙伊 |

**⑥ 買土產**

| 句型 | 給我○○。 |
|---|---|

# 數量＋ください。
kudasai
枯答沙伊

## 換個單字念念看

| 一個 | ひと<br>**一つ**<br>hitotsu<br>喝伊豆豬 | 一張 | いちまい<br>**一枚**<br>ichimai<br>伊七媽伊 |
|---|---|---|---|

 例句

| 有沒有適合送人的名產？ | みやげ<br>**お土産にいいのはありますか。**<br>omiyage ni ii no wa arimasuka<br>歐咪呀給 尼 伊～ 諾 哇 阿里媽酥卡 |
|---|---|
| 哪一個較受歡迎？ | にんき<br>**どれが人気ありますか。**<br>dore ga ninki arimasuka<br>都累 嘎 尼恩克伊 阿里媽酥卡 |
| 給我八個同樣的東西。 | おな　　　　　　やっ<br>**同じものを八つください。**<br>onaji mono o yattsu kudasai<br>歐那基 某諾 歐 呀～豬 枯答沙伊 |
| 請分開包裝。 | べつべつ　　つつ<br>**別々に包んでください。**<br>betsubetsu ni tsutsunde kudasai<br>貝豬貝豬 尼 豬豬恩爹 枯答沙伊 |

**⑦ 討價還價**

---

句型　請○○。

# 形容詞＋してください。
**shite kudasai**
西貼 枯答沙伊

---

### 換個單字念念看

| 便宜一點 | 安<ruby>く<rt>やす</rt></ruby> | 快一點 | 早<ruby>く<rt>はや</rt></ruby> |
|---|---|---|---|

便宜一點
安く
yasuku
呀酥枯

快一點
早く
hayaku
哈呀枯

---

 例句

---

| 太貴了。 | 高<ruby>すぎます<rt>たか</rt></ruby>。<br>takasugimasu<br>它卡酥哥伊媽酥 |
|---|---|
| 2000日圓就買。 | 2000円<ruby>なら<rt>にせんえん</rt></ruby>買います。<br>nisenen nara kaimasu<br>尼誰恩耶恩 那拉 卡伊媽酥 |
| 最好是1萬日圓以內的東西。 | 1万円以内の物がいいです。<br>ichimanen inai no mono ga ii desu<br>伊七媽恩耶恩 伊那伊 諾 某諾 嘎 伊～ 爹酥 |
| 那我就不要了。 | それでは、いりません。<br>soredewa, irimasen<br>搜累爹哇, 伊里媽誰恩 |

---

**⑧ 付錢**

Track ◎ 136

Step
1
假名與發音

Step
2
寒暄一下

Step
3
基本句型

Step
4
說說自己

Step
5
旅遊日語

| 問 | 要如何付款？ |
|---|---|

### Q：お支払いはどうなさいます。
しはら

oshiharai wa doo nasaimasu
歐西哈拉伊 哇 都～那沙伊媽酥

| 答 | 麻煩你我用○○。 |
|---|---|

### A：名詞＋でお願いします。
ねが

de onegai shimasu
爹 歐內嘎伊西媽酥

**換個單字念念看**

| 刷卡 | **カード**<br>kaado<br>卡～都 | 現金 | **現金**<br>げんきん<br>genkin<br>給恩克伊恩 |
|---|---|---|---|

| 問 | 要分幾次付款？ |
|---|---|

### Q：お支払い回数は。
しはら　　かいすう

oshiharai kaisuu wa
歐西哈拉伊 卡伊酥～ 哇

| 答 | ○○。 |
|---|---|

### A：次數＋です。
desu
爹酥

**換個單字念念看**

| 一次 | **一回**<br>いっかい<br>ikkai<br>伊へ卡伊 | 六次 | **六回**<br>ろっかい<br>rokkai<br>落へ卡伊 |
|---|---|---|---|

| 在哪裡結帳？ | **レジはどこですか。**<br>reji wa doko desuka<br>累基 哇 都寇 爹酥卡 |
|---|---|
| 請在這裡簽名。 | **ここにサインをお願いします。**<br>ねが<br>koko ni sain o onegai shimasu<br>寇寇 尼 沙伊恩 歐 歐內嘎伊 西媽酥 |

**① 文化及社會**

---

**句型** 喜歡日本的○○。

# 日本の＋名詞＋が好きです。
に ほん / す

**nihon no** **ga suki desu**
尼后恩 諾 嘎 酥克伊 爹酥

---

**換個單字念念看**

| | | | | |
|---|---|---|---|---|
| 歌 | **歌**（うた）<br>uta<br>烏它 | | 連續劇 | **ドラマ**<br>dorama<br>都拉媽 |
| 漫畫 | **マンガ**<br>manga<br>媽恩嘎 | | 慶典 | **お祭り**（まつ）<br>omatsuri<br>歐媽豬里 |

---

**句型** 對日本的○○有興趣。

# 日本の＋名詞＋に興味があります。
に ほん / きょう み

**nihon no** **ni kyoomi ga arimasu**
尼后恩 諾 尼 卡悠～咪 嘎 阿里媽酥

---

**換個單字念念看**

| | | | | |
|---|---|---|---|---|
| 文化 | **文化**（ぶんか）<br>bunka<br>布恩卡 | | 藝術 | **芸術**（げいじゅつ）<br>geejutsu<br>給～啾豬 |
| 經濟 | **経済**（けいざい）<br>keezai<br>克耶～雜伊 | | 歷史 | **歴史**（れきし）<br>rekishi<br>累克伊西 |

**②日本慶典**

Track ◎ **138**

句型　在○○有慶典。

# 場所＋で＋慶典＋があります。
de　　　　　ga arimasu
爹　　　　　嘎 阿里媽酥

## 換個單字念念看

| 德島 /<br>阿波舞 | とくしま / あわおど<br>**徳島 / 阿波踊り**<br>tokushima / awaodori<br>豆枯西媽 / 阿哇歐都里 | 札幌 /<br>雪祭 | さっぽろ / ゆきまつり<br>**札幌 / 雪祭**<br>sapporo / yukimatsuri<br>沙ㄟ 剖落 / 尤克伊媽豬里 |
|---|---|---|---|
| 東京 /<br>神田祭 | とうきょう / かん だ まつり<br>**東京 / 神田祭**<br>tookyoo / kandamatsuri<br>豆～卡悠～/ 卡恩答媽豬里 | 青森 /<br>驅魔祭 | あおもり / まつり<br>**青森 / ねぶた祭**<br>aomori / nebutamatsuri<br>阿歐某里 / 內布它媽豬里 |

例句

| 是什麼慶典？ | まつ<br>**どんな祭りですか。**<br>donna matsuri desuka<br>都恩那 媽豬里 爹酥卡 |
|---|---|
| 什麼時候舉行？ | **いつありますか。**<br>itsu arimasuka<br>伊豬 阿里媽酥卡 |
| 怎麼去？ | い<br>**どうやって行きますか。**<br>dooyatte ikimasuka<br>都～呀ㄟ貼 伊克伊媽酥卡 |

❸ 日本街道

| 市容很乾淨。 | 町がきれいですね。<br>machi ga kiree desune<br>媽七 嘎 克伊累〜 爹酥內 |
| --- | --- |
| 空氣很好。 | 空気がいいですね。<br>kuuki ga ii desune<br>枯〜克伊 嘎 伊〜 爹酥內 |
| 庭院的花很可愛。 | お庭の花が可愛いですね。<br>oniwa no hana ga kawaii desune<br>歐尼哇 諾 哈那 嘎 卡哇伊〜 爹酥內 |
| 人很親切。 | 人が親切ですね。<br>hito ga shinsetsu desune<br>喝伊豆 嘎 西恩誰豬 爹酥內 |
| 年輕人很時髦。 | 若者はおしゃれですね。<br>wakamono wa oshare desune<br>哇卡某諾 哇 歐蝦累 爹酥內 |

---

### 馬上用得到的單字

| 城市風景 | 町風景<br>machifuukee<br>媽七夫〜克耶〜 | 古老的房子 | 古い家<br>furui ie<br>夫魯伊 伊耶 |
| --- | --- | --- | --- |
| 中途下車 | 途中下車<br>tochuugesha<br>豆七烏〜給蝦 | 街角 | 街角<br>machikado<br>媽七卡都 |

① 找醫生

| 想去看醫生。 | いしゃ　い<br>医者に行きたいです。<br>isha ni ikitai desu<br>伊蝦 尼 伊克伊它伊 爹酥 |
| --- | --- |
| 請叫醫生來。 | いしゃ　よ<br>医者を呼んでください。<br>isha o yonde kudasai<br>伊蝦 歐 悠恩爹 枯答沙伊 |
| 請叫救護車。 | きゅうきゅうしゃ　よ<br>救急車を呼んでください。<br>kyuukyuusha o yonde kudasai<br>卡伊烏～卡伊烏～蝦 歐 悠恩爹 枯答沙伊 |
| 醫院在哪裡？ | びょういん<br>病院はどこですか。<br>byooin wa doko desuka<br>比悠～伊恩 哇 都寇 爹酥卡 |
| 診療時間幾點？ | しんさつ　じ　かん<br>診察時間はいつですか。<br>shinsatsu jikan wa itsu desuka<br>西恩沙豬 基卡恩 哇 伊豬 爹酥卡 |

### 馬上用得到的單字

| 感冒 | かぜ<br>風邪<br>kaze<br>卡賊 | 高血壓 | こうけつあつ<br>高血圧<br>kooketsuatsu<br>寇～克耶豬阿豬 |
| --- | --- | --- | --- |
| 心臟病 | しんぞうびょう<br>心臓病<br>shinzoobyoo<br>西恩宙～比悠～ | 糖尿病 | とうにょうびょう<br>糖尿病<br>toonyoobyoo<br>豆～牛～比悠～ |

**②說出症狀**

---

問　怎麼了？

# Q：どうしましたか。

**doo shimashitaka**

都～ 西媽西它卡

---

答　感到○○。

# A：症狀＋がします。

**ga shimasu**

嘎 西媽酥

換個單字念念看

| 吐 | 吐き気 (はき)<br>hakike<br>哈克伊克耶 | 頭暈 | 目眩 (めまい)<br>memai<br>妹媽伊 |
|---|---|---|---|
| 發冷 | 寒気 (さむけ)<br>samuke<br>沙母克耶 | | |

---

句型　○○痛。

# 身體＋が痛いです。(いた)

**ga itaidesu**

嘎 伊它伊爹酥

換個單字念念看

| 頭 | 頭 (あたま)<br>atama<br>阿它媽 | 肚子 | お腹 (なか)<br>onaka<br>歐那卡 |
|---|---|---|---|

## ③ 接受治療

Track ◎ **142**

| 請躺下來。 | よこ<br>**横になってください。**<br>yoko ni natte kudasai<br>悠寇 尼 那へ貼 枯答沙伊 |
|---|---|
| 請深呼吸。 | しん こ きゅう<br>**深呼吸してください。**<br>shinkokyuu shite kudasai<br>西恩寇伊烏～ 西貼 枯答沙伊 |
| 這裡會痛嗎？ | へん いた<br>**この辺は痛いですか。**<br>kono hen wa itai desuka<br>寇諾 黑恩 哇 伊它伊 爹酥卡 |
| 食物中毒。 | しょく<br>**食あたりですね。**<br>shokuatari desune<br>休枯阿它里 爹酥內 |
| 開藥方給你。 | くすり だ<br>**薬を出します。**<br>kusuri o dashimasu<br>枯酥里 歐 答西媽酥 |

## 馬上用得到的單字

| 好像發燒 | ねつ<br>**熱っぽい**<br>netsuppoi<br>內豬へ剖伊 | 流鼻水 | はなみず<br>**鼻水**<br>hanamizu<br>哈那咪茲 |
|---|---|---|---|
| 很疲倦 | **だるい**<br>darui<br>答魯伊 | 打噴嚏 | **くしゃみ**<br>kushami<br>枯蝦咪 |

### ④ 到藥局拿藥

Track 📀 **143**

| | |
|---|---|
| 一天請服三次藥。 | **薬は一日三回飲んでください。**<br>kusuri wa ichinichi sankai nonde kudasai<br>枯酥里 哇 伊七尼七 沙恩卡伊 諾恩爹 枯答沙伊 |
| 請在飯後服用。 | **食後に飲んでください。**<br>shokugo ni nonde kudasai<br>休枯勾 尼 諾恩爹 枯答沙伊 |
| 請將這個軟膏塗抹<br>在傷口上。 | **この軟膏を傷に塗りなさい。**<br>kono nankoo o kizu ni nurinasai<br>寇諾 那恩寇〜 歐 克伊茲 尼 奴里那沙伊 |
| 請多保重。 | **お大事に。**<br>odaiji ni<br>歐答伊基 尼 |
| 請開診斷書給我。 | **診断書をお願いします。**<br>shindansho o onegai shimasu<br>西恩答恩休 歐 歐內嘎伊 西媽酥 |

---

#### 馬上用得到的單字

| | | | | |
|---|---|---|---|---|
| 感冒藥 | **風邪薬**<br>kazegusuri<br>卡賊估酥里 | | 鎮痛劑 | **鎮痛剤**<br>chintsuuzai<br>七恩豬〜雜伊 |
| 胃腸藥 | **胃腸薬**<br>ichooyaku<br>伊秋〜呀枯 | | 眼藥水 | **目薬**<br>megusuri<br>妹估酥里 |

**① 東西不見了**

Track ◎ 144

| 句型 | ○○不見了。 |
|---|---|

# 物＋をなくしました。
## o nakushimashita
歐 那枯西媽西它

**換個單字念念看**

| 護照 | パスポート<br>pasupooto<br>趴酥剖～豆 | 手提包 | かばん<br>kaban<br>卡拔恩 |
|---|---|---|---|
| 相機 | カメラ<br>kamera<br>卡妹拉 | 房間鑰匙 | 部屋の鍵 (へや かぎ)<br>heya no kagi<br>黑呀 諾 卡哥伊 |

| 句型 | ○○忘在○○了。 |
|---|---|

# 場所＋に＋物＋を忘れました。 (わす)
## ni     o wasuremashita
尼     歐 哇酥累媽西它

**換個單字念念看**

| 電車／行李 | 電車／荷物 (でんしゃ にもつ)<br>densha / nimotsu<br>爹恩蝦／尼某豬 | 計程車／電腦 | タクシー／パソコン<br>takushii / pasokon<br>它枯西～／趴搜寇恩 |
|---|---|---|---|
| 房間／鑰匙 | 部屋／鍵 (へや かぎ)<br>heya / kagi<br>黑呀／卡哥伊 | | |

## ② 東西被偷了

Track ◎ **145**

---

**句型** ○○被偷了。

ぬす
# 物＋を盗まれました。
**o nusumaremashita**
歐 奴酥媽累媽西它

### 換個單字念念看

| 錢包 | さい ふ<br>**財布**<br>saifu<br>沙伊夫 | 行李箱 | **スーツケース**<br>suutsukeesu<br>酥～豬克耶～酥 |
| --- | --- | --- | --- |
| 信用卡 | **クレジットカード**<br>kurejitto kaado<br>枯累基ㄟ 豆 卡～都 | 戒指 | ゆび わ<br>**指輪**<br>yubiwa<br>尤逼哇 |

---

**句型** 犯人是○○。

はんにん
# 犯人は＋人＋です。
**hannin wa**　　　　　**desu**
哈恩尼恩 哇　　　　　爹酥

### 換個單字念念看

| 年輕男性 | わか おとこ<br>**若い男**<br>wakai otoko<br>哇卡伊 歐豆寇 | 長髮的<br>女性 | かみ なが おんな<br>**髪の長い女**<br>kami no nagai onna<br>卡咪 諾 那嘎伊 歐恩那 |
| --- | --- | --- | --- |
| 矮個子的<br>男性 | せ ひく おとこ<br>**背の低い男**<br>se no hikui otoko<br>誰 諾 喝伊枯伊 歐豆寇 | 帶著眼鏡<br>的女性 | おんな<br>**めがねをかけた女**<br>megane o kaketa onna<br>妹嘎內 歐 卡克耶它 歐恩那 |

③ 在警察局     Track ◎ **146**

| 東西弄丟了。 | 落し物しました。<br>otoshimono shimashita<br>歐豆西某諾 西媽西它 |
|---|---|
| 黑色包包。 | 黒いかばんです。<br>kuroi kaban desu<br>枯落伊 卡拔恩 爹酥 |
| 裡面有錢包和信用卡。 | 財布とカードが入っています。<br>saifu to kaado ga haitte imasu<br>沙伊夫 豆 卡～都 嘎 哈伊ㄟ貼 伊媽酥 |
| 希望能幫我打電話給發卡公司。 | カード会社に電話してほしいです。<br>kaado gaisha ni denwashite hoshii desu<br>卡～都 嘎伊蝦 尼 爹恩哇西貼 后西～ 爹酥 |
| 請填寫遺失表格。 | 紛失届けを書いてください。<br>funshitutodoke o kaite kudasai<br>夫恩西豬豆都克耶 歐 卡伊貼 枯答沙伊 |

### 馬上用得到的單字

| 警察 | 警察<br>keesatsu<br>克耶～沙豬 | 護照 | パスポート<br>pasupooto<br>趴酥剖～豆 |
|---|---|---|---|
| 身分證 | 身分証明書<br>mibunshoomeesho<br>咪布恩休～妹～休 | 補發 | 再発行<br>saihakkoo<br>沙伊哈ㄟ寇～ |

# MEMO

# 附錄
## 好實用單字

memo

先安排讀書計劃學得更快喔！

**①數字（一）**

| | | |
|---|---|---|
| 1 （いち） | 1 | **ichi** |
| 2 （に） | 2 | **ni** |
| 3 （さん） | 3 | **san** |
| 4 （よん／し） | 4 | **yon/ shi** |
| 5 （ご） | 5 | **go** |
| 6 （ろく） | 6 | **roku** |
| 7 （なな／しち） | 7 | **nana / shichi** |
| 8 （はち） | 8 | **hachi** |
| 9 （く／きゅう） | 9 | **ku / kyuu** |
| 10 （じゅう） | 10 | **juu** |
| 11 （じゅういち） | 11 | **juuichi** |
| 12 （じゅうに） | 12 | **juuni** |
| 13 （じゅうさん） | 13 | **juusan** |
| 14 （じゅうよん／じゅうし） | 14 | **juuyon / juushi** |
| 15 （じゅうご） | 15 | **juugo** |
| 16 （じゅうろく） | 16 | **juuroku** |
| 17 （じゅうしち／じゅうなな） | 17 | **juushichi / juunana** |
| 18 （じゅうはち） | 18 | **juuhachi** |
| 19 （じゅうく／じゅうきゅう） | 19 | **juuku / juukyuu** |
| 20 （にじゅう） | 20 | **nijuu** |
| 30 （さんじゅう） | 30 | **sanjuu** |
| 40 （よんじゅう） | 40 | **yonjuu** |
| 50 （ごじゅう） | 50 | **gojuu** |
| 60 （ろくじゅう） | 60 | **rokujuu** |
| 70 （ななじゅう） | 70 | **nanajuu** |
| 80 （はちじゅう） | 80 | **hachijuu** |
| 90 （きゅうじゅう） | 90 | **kyuujuu** |
| 100 （ひゃく） | 100 | **hyaku** |
| 101 （ひゃくいち） | 101 | **hyakuichi** |

| 102（ひゃくに） | 102 | **hyakuni** |
|---|---|---|
| 103（ひゃくさん） | 103 | **hyakusan** |
| 200（にひゃく） | 200 | **nihyaku** |
| 300（さんびゃく） | 300 | **sannbyaku** |
| 400（よんひゃく） | 400 | **yonhyaku** |
| 500（ごひゃく） | 500 | **gohyaku** |
| 600（ろっぴゃく） | 600 | **roppyaku** |
| 700（ななひゃく） | 700 | **nanahyaku** |
| 800（はっぴゃく） | 800 | **happyaku** |
| 900（きゅうひゃく） | 900 | **kyuuhyaku** |
| 1000（せん） | 1000 | **sen** |
| 2000（にせん） | 2000 | **nisen** |
| 5000（ごせん） | 5000 | **gosen** |
| 10000（いちまん） | 10000 | **ichiman** |

## 2 數字（二）

| 一つ<br>（ひと） | 一個 | **hitotsu** |
|---|---|---|
| 二つ<br>（ふた） | 二個 | **futatsu** |
| 三つ<br>（みっ） | 三個 | **mittsu** |
| 四つ<br>（よっ） | 四個 | **yottsu** |
| 五つ<br>（いつ） | 五個 | **itsutsu** |
| 六つ<br>（むっ） | 六個 | **muttsu** |
| 七つ<br>（なな） | 七個 | **nanatsu** |
| 八つ<br>（やっ） | 八個 | **yattsu** |
| 九つ<br>（ここの） | 九個 | **kokonotsu** |
| 十<br>（とお） | 十個 | **too** |
| いくつ | 幾個 | **ikutsu** |

## ❸ 月份

| | | |
|---|---|---|
| 一月 (いちがつ) | 一月 | ichigatsu |
| 二月 (にがつ) | 二月 | nigatsu |
| 三月 (さんがつ) | 三月 | sangatsu |
| 四月 (しがつ) | 四月 | shigatsu |
| 五月 (ごがつ) | 五月 | gogatsu |
| 六月 (ろくがつ) | 六月 | rokugatsu |
| 七月 (しちがつ) | 七月 | shichigatsu |
| 八月 (はちがつ) | 八月 | hachigatsu |
| 九月 (くがつ) | 九月 | kugatsu |
| 十月 (じゅうがつ) | 十月 | juugatsu |
| 十一月 (じゅういちがつ) | 十一月 | juuichigatsu |
| 十二月 (じゅうにがつ) | 十二月 | juunigatsu |
| 何月 (なんがつ) | 幾月 | nangatsu |

## ❹ 星期

| | | |
|---|---|---|
| 日曜日 (にちようび) | 星期日 | nichiyoobi |
| 月曜日 (げつようび) | 星期一 | getsuyoobi |
| 火曜日 (かようび) | 星期二 | kayoobi |
| 水曜日 (すいようび) | 星期三 | suiyoobi |
| 木曜日 (もくようび) | 星期四 | mokuyoobi |
| 金曜日 (きんようび) | 星期五 | kinyoobi |
| 土曜日 (どようび) | 星期六 | doyoobi |
| 何曜日 (なんようび) | 星期幾 | nanyoobi |

**5 時間**

| | | |
|---|---|---|
| <ruby>一<rt>いち</rt></ruby><ruby>時<rt>じ</rt></ruby> | 一點 | ichiji |
| <ruby>二<rt>に</rt></ruby><ruby>時<rt>じ</rt></ruby> | 兩點 | niji |
| <ruby>三<rt>さん</rt></ruby><ruby>時<rt>じ</rt></ruby> | 三點 | sanji |
| <ruby>四<rt>よ</rt></ruby><ruby>時<rt>じ</rt></ruby> | 四點 | yoji |
| <ruby>五<rt>ご</rt></ruby><ruby>時<rt>じ</rt></ruby> | 五點 | goji |
| <ruby>六<rt>ろく</rt></ruby><ruby>時<rt>じ</rt></ruby> | 六點 | rokuji |
| <ruby>七<rt>しち</rt></ruby><ruby>時<rt>じ</rt></ruby> | 七點 | shichiji |
| <ruby>八<rt>はち</rt></ruby><ruby>時<rt>じ</rt></ruby> | 八點 | hachiji |
| <ruby>九<rt>く</rt></ruby><ruby>時<rt>じ</rt></ruby> | 九點 | kuji |
| <ruby>十<rt>じゅう</rt></ruby><ruby>時<rt>じ</rt></ruby> | 十點 | juuji |
| <ruby>十<rt>じゅう</rt></ruby><ruby>一<rt>いち</rt></ruby><ruby>時<rt>じ</rt></ruby> | 十一點 | juuichiji |
| <ruby>十<rt>じゅう</rt></ruby><ruby>二<rt>に</rt></ruby><ruby>時<rt>じ</rt></ruby> | 十二點 | juuniji |
| <ruby>一<rt>いち</rt></ruby><ruby>時<rt>じ</rt></ruby><ruby>十<rt>じゅう</rt></ruby><ruby>五<rt>ご</rt></ruby><ruby>分<rt>ふん</rt></ruby> | 一點十五分 | ichijijuugofun |
| <ruby>一<rt>いち</rt></ruby><ruby>時<rt>じ</rt></ruby><ruby>三<rt>さん</rt></ruby><ruby>十<rt>じゅっ</rt></ruby><ruby>分<rt>ぷん</rt></ruby> | 一點三十分 | ichijisanjuppun |
| <ruby>一<rt>いち</rt></ruby><ruby>時<rt>じ</rt></ruby><ruby>四<rt>よん</rt></ruby><ruby>十<rt>じゅう</rt></ruby><ruby>五<rt>ご</rt></ruby><ruby>分<rt>ふん</rt></ruby> | 一點四十五分 | ichijiyonjuugofun |
| <ruby>二<rt>に</rt></ruby><ruby>時<rt>じ</rt></ruby><ruby>十<rt>じゅう</rt></ruby><ruby>五<rt>ご</rt></ruby><ruby>分<rt>ふん</rt></ruby> | 兩點十五分 | nijijuugofun |
| <ruby>二<rt>に</rt></ruby><ruby>時<rt>じ</rt></ruby><ruby>半<rt>はん</rt></ruby> | 兩點半 | nijihan |
| <ruby>二<rt>に</rt></ruby><ruby>時<rt>じ</rt></ruby><ruby>四<rt>よん</rt></ruby><ruby>十<rt>じゅう</rt></ruby><ruby>五<rt>ご</rt></ruby><ruby>分<rt>ふん</rt></ruby> | 兩點四十五分 | nijiyonjuugofun |
| <ruby>三<rt>さん</rt></ruby><ruby>時<rt>じ</rt></ruby><ruby>半<rt>はん</rt></ruby> | 三點半 | sanjihan |
| <ruby>四<rt>よ</rt></ruby><ruby>時<rt>じ</rt></ruby><ruby>半<rt>はん</rt></ruby> | 四點半 | yojihan |
| <ruby>五<rt>ご</rt></ruby><ruby>時<rt>じ</rt></ruby><ruby>半<rt>はん</rt></ruby> | 五點半 | gojihan |
| <ruby>六<rt>ろく</rt></ruby><ruby>時<rt>じ</rt></ruby><ruby>十<rt>じゅう</rt></ruby><ruby>五<rt>ご</rt></ruby><ruby>分<rt>ふん</rt></ruby><ruby>前<rt>まえ</rt></ruby> | 六點十五分前 | okujijuugofunmae |
| <ruby>七<rt>しち</rt></ruby><ruby>時<rt>じ</rt></ruby>ちょうど | 七點整 | shichijichoodo |
| <ruby>八<rt>はち</rt></ruby><ruby>時<rt>じ</rt></ruby><ruby>五<rt>ご</rt></ruby><ruby>分<rt>ふん</rt></ruby><ruby>過<rt>す</rt></ruby>ぎ | 八點過五分 | hachijigofunsugi |
| <ruby>何<rt>なん</rt></ruby><ruby>時<rt>じ</rt></ruby><ruby>何<rt>なん</rt></ruby><ruby>分<rt>ぷん</rt></ruby> | 幾點幾分 | nanjinanpun |

## ② 機場

**❶ 在機場**

| | | |
|---|---|---|
| <ruby>空港<rt>くうこう</rt></ruby> | 機場 | **kuukoo** |
| <ruby>航空会社<rt>こうくうがいしゃ</rt></ruby> | 航空公司 | **kookuugaisha** |
| <ruby>出国準備<rt>しゅっこくじゅんび</rt></ruby> | 準備出境 | **shukkokujunbi** |
| チェックイン | 登機登記 | **chekkuin** |
| エコノミークラス | 經濟艙 | **ekonomiikurasu** |
| ビジネスクラス | 商務艙 | **bijinesukurasu** |
| ファーストクラス | 頭等艙 | **faasutokurasu** |
| <ruby>窓側席<rt>まどがわせき</rt></ruby> | 靠窗座位 | **madogawaseki** |
| <ruby>通路側席<rt>つうろがわせき</rt></ruby> | 走道邊座位 | **tsuurogawaseki** |
| <ruby>禁煙席<rt>きんえんせき</rt></ruby> | 禁煙座位 | **kinenseki** |
| <ruby>荷物<rt>にもつ</rt></ruby> | 行李 | **nimotsu** |
| <ruby>手荷物<rt>てにもつ</rt></ruby> | 手提行李 | **tenimotsu** |
| クレームタグ | 托運牌 | **kureemudagu** |
| <ruby>搭乗カード<rt>とうじょう</rt></ruby> | 登機證 | **toojookaado** |
| <ruby>搭乗ゲート<rt>とうじょう</rt></ruby> | 登機門 | **toojoogeeto** |
| パスポート | 護照 | **pasupooto** |
| <ruby>出国カード<rt>しゅっこく</rt></ruby> | 出境卡 | **shukkokukaado** |
| <ruby>入国カード<rt>にゅうこく</rt></ruby> | 入境卡 | **nyuukokukaado** |
| <ruby>免税店<rt>めんぜいてん</rt></ruby> | 免税店 | **menzeeten** |
| <ruby>税関<rt>ぜいかん</rt></ruby> | 海關 | **zeekan** |
| <ruby>乗客<rt>じょうきゃく</rt></ruby> | 乘客 | **jookyaku** |
| セキュリティチェック | 安全檢查 | **sekyuritichekku** |
| <ruby>X線<rt>エックスせん</rt></ruby> | X光 | **ekkususen** |

## 2 機內服務

| | | |
|---|---|---|
| 機長 | 機長 | kichoo |
| キャビンアテンダント | 空中小姐 | kyabinatendanto |
| 乗務員 | 空服員 | joomuin |
| 乗客 | 乘客 | jookyaku |
| 新聞 | 報紙 | shinbun |
| 雑誌 | 雜誌 | zasshi |
| 飲み物 | 飲料 | nomimono |
| シートベルト | 安全帶 | shiitoberuto |
| 非常口 | 緊急出口 | hijooguchi |
| 化粧室 | 化妝室 | keshooshitsu |
| 使用中 | 使用中 | shiyoochuu |
| 空き | 空的 | aki |
| トイレットペーパー | 衛生紙 | toirettopeepaa |
| 酸素マスク | 氧氣罩 | sansomasuku |
| 救命胴衣 | 救生衣 | kyuumeedooi |
| エチケット袋 | 嘔吐袋 | echikettobukuro |
| 着陸 | 著地 | chakuriku |
| 現地時間 | 當地時間 | genchijikan |
| 時差 | 時差 | jisa |
| 現地気温 | 當地氣溫 | genchikion |

## 3 通關

| | | |
|---|---|---|
| 外国人 | 外國人 | gaikokujin |
| 日本人 | 日本人 | nihonjin |

| | | |
|---|---|---|
| 待合室 | 候客室 | machiaishitsu |
| 出入国管理 | 出入境管理 | shutsunyuukokukanri |
| 並ぶ | 排隊 | narabu |
| 居住者 | 居住者 | kyojuusha |
| 非居住者 | 非居住者 | hikyojuusha |
| 入国する | 入境 | nyuukokusuru |
| 入国目的 | 入境目的 | nyuukokumokuteki |
| 親戚 | 親戚 | shinseki |
| 留学生 | 留學生 | ryuugakusee |
| 学生証 | 學生證 | gakuseeshoo |
| 観光する | 觀光 | kankoosuru |
| ビジネス | 商務 | bijinesu |
| 訪問する | 訪問 | hoomonsuru |
| 申告カード | 申報卡 | shikokukaado |
| 持ち込み禁止品 | 違禁品 | mochikomikinshihin |
| 身の回り品 | 隨身物品 | mi no mawarihin |
| 手荷物 | 手提行李 | tenimotsu |
| プレゼント | 禮物 | purezento |
| お土産 | 名產 | omiyage |

**❹ 換錢**

| | | |
|---|---|---|
| 両替する | 換錢 | ryoogaesuru |
| 両替所 | 換錢處 | ryoogaejo |
| 銀行 | 銀行 | ginkoo |
| 為替 | 匯率 | kawase |

| レート | 匯率 | reeto |
| 札 | 紙鈔 | satsu |
| 小銭 | 零錢 | kozeni |
| コイン | 硬幣 | koin |
| 日本円 | 日幣 | nihonen |
| アメリカドル | 美金 | amerikadoru |
| ポンド | 英磅 | pondo |
| 台湾ドル | 台幣 | taiwandoru |
| 北京人民幣 | 北京人民幣 | pekkinjinminhee |
| 現金 | 現金 | genkin |
| トラベラーズチェック | 旅行支票 | toraberaazuchekku |
| 両替申込書 | 換錢申請書 | ryoogaemooshikomisho |
| サイン | 簽名 | sain |
| 身分証明書 | 身份證 | mibunshoomeesho |

## 5 打電話

| 国際電話 | 國際電話 | kokusaidenwa |
| 市内電話 | 市內電話 | shinaidenwa |
| 長距離電話 | 長途電話 | chookyoridenwa |
| 携帯電話 | 手機 | keetaidenwa |
| 電話番号 | 電話號碼 | denwabangoo |
| 電話する | 打電話 | denwasuru |
| 公衆電話 | 公用電話 | kooshuudenwa |
| 国番号 | 國碼 | kunibangoo |
| 指名通話 | 指名電話 | shimeetsuuwa |

| コレクトコール | 對方付費電話 | korekutokooru |
|---|---|---|
| テレホンカード | 電話卡 | terehonkaado |
| 市外局番 | 區域號碼 | shigaikyokuban |
| イエローページ | 黃皮電話簿 | ieroopeeji |

## 6 郵局

| 郵便局 | 郵局 | yuubinkyoku |
|---|---|---|
| 切手 | 郵票 | kitte |
| 封筒 | 信封 | fuutoo |
| 手紙 | 信件 | tegami |
| 葉書 | 明信片 | hagaki |
| 小包 | 包裹 | kozutsumi |
| 航空便 | 空運 | kookuubin |
| 船便 | 船運 | funabin |
| 書留 | 掛號 | kakitome |
| 速達 | 限時 | sokutatsu |

## 7 機場交通

| リムジンバス | 機場巴士 | rimujinbasu |
|---|---|---|
| エアポートバス | 機場巴士 | eapootobasu |
| タクシー乗り場 | 計程車乘車處 | takushiinoriba |
| JR乗り場 | JR乘車處 | jeeaaru noriba |
| 地下鉄 | 地下鐵 | chikatetsu |
| 切符 | 車票 | kippu |

| 運賃<br>うんちん | 乘車票價 | unchin |
|---|---|---|
| 切符売場<br>きっぷ うりば | 售票處 | kippuuriba |
| 入り口<br>い　ぐち | 入口 | iriguchi |
| 出口<br>で ぐち | 出口 | deguchi |
| 非常口<br>ひ じょうぐち | 緊急出口 | hijooguchi |
| 路線図<br>ろ せん ず | 路線圖 | rosenzu |

 ③ 到飯店

**1** 在櫃台

| 宿泊施設<br>しゅくはく し せつ | 飯店設施 | shukuhakushisetsu |
|---|---|---|
| ホテル | 飯店 | hoteru |
| 旅館<br>りょかん | 旅館 | ryokan |
| 民宿<br>みんしゅく | 民宿 | minshuku |
| ビジネスホテル | 商務飯店 | bijinesuhoteru |
| ラブホテル | 賓館 | rabuhoteru |
| 空室<br>くうしつ | 有空房 | kuushitsu |
| 満室<br>まんしつ | 房間客滿 | manshitsu |
| シングル | 單人房 | shinguru |
| ダブル | 雙人房 | daburu |
| 予約あり<br>よ やく | 有預約 | yoyakuari |
| 予約なし<br>よ やく | 沒有預約 | yoyakunashi |
| 料金<br>りょうきん | 費用 | ryookin |
| チェックイン | 登記住宿 | chekkuin |
| チェックアウト | 退房 | chekkuauto |

| | | |
|---|---|---|
| シャワー付き | 附淋浴 | shawaatsuki |
| トイレ付き | 附廁所 | toiretsuki |
| 赤ちゃん用ベッド | 嬰兒用床 | akachanyoobeddo |
| 和室 | 日式房間 | washitsu |
| 洋室 | 洋式房間 | yooshitsu |
| 朝食 | 早餐 | chooshoku |
| 安い | 便宜 | yasui |
| 高い | 貴 | takai |
| クレジットカード | 信用卡 | kurejittokaado |
| 預かり物 | 寄存物 | azukarimono |
| メッセージ | 留言 | messeeji |
| 貴重品 | 貴重物品 | kichoohin |
| モーニングコール | 叫醒服務 | mooningukooru |
| 宿泊カード | 住宿卡 | shukuhakukaado |
| 税金 | 稅金 | zeekin |
| サービス料金 | 服務費 | saabisuryookin |
| 含む | 包含 | fukumu |
| 鍵 | 鑰匙 | kagi |
| 新聞 | 報紙 | shinbun |
| タオル | 毛巾 | taoru |
| バー | 酒吧 | baa |
| 食堂 | 食堂 | shokudoo |
| レストラン | 餐廳 | resutoran |
| 何階 | 幾樓 | nangai |
| 立ち入り禁止 | 禁止進入 | tachiirikinshi |

**2** 住宿中

| シャワールーム | 沖浴室 | shawaaruumu |
| 冷蔵庫 | 冰箱 | reezooko |
| ミニバー | 小酒吧 | minibaa |
| テレビ | 電視 | terebi |
| エアコン | 冷氣 | eakon |
| 蛇口 | 水龍頭 | jaguchi |
| トイレ | 廁所 | toire |
| 灰皿 | 煙灰缸 | haizara |
| ドライヤー | 吹風機 | doraiyaa |
| 歯ブラシ | 牙刷 | haburashi |
| 石鹸 | 肥皂 | sekken |
| 歯磨き粉 | 牙膏 | hamigakiko |
| 髭剃り | 刮鬍刀 | higesori |
| シャンプー | 洗髪精 | shanpuu |
| リンス | 潤絲精 | rinsu |
| シャワーキャップ | 浴帽 | shawaakyappu |
| タオル | 毛巾 | taoru |
| バスタオル | 浴巾 | basutaoru |
| 目覚し時計 | 鬧鐘 | mezamashidokee |
| アイロン | 熨斗 | airon |
| 水 | 水 | mizu |
| 押す | 推 | osu |
| 引く | 拉 | hiku |
| 故障する | 故障 | koshoosuru |
| 詰まる | 塞住 | tsumaru |
| 反応がない | 沒有反應 | hannooga nai |

## ❸ 客房服務

| | | |
|---|---|---|
| ルームサービス | 客房服務 | ruumusaabisu |
| 洗濯する | 洗衣服 | sentakusuru |
| 荷物 | 行李 | nimotsu |
| 運ぶ | 搬運 | hakobu |
| 掃除する | 打掃 | soojisuru |
| チップ | 小費 | chippu |
| 朝食 | 早餐 | chooshoku |
| 昼食 | 中餐 | chuushoku |
| 夕食 | 晚餐 | yuushoku |
| 食事券 | 餐券 | shokujiken |
| 和食 | 日式餐點 | washoku |
| 洋食 | 西式餐點 | yooshoku |
| 有料チャネル | 收費頻道 | yuuryoochaneru |
| 無料チャネル | 免費頻道 | muryoochaneru |
| リモコン | 遙控 | rimokon |
| 飲み物 | 飲料 | nomimono |
| 食べ物 | 食物 | tabemono |
| 栓抜き | 開瓶器 | sennuki |

## ❹ 退房

| | | |
|---|---|---|
| チェックアウト | 退房 | chekkuauto |
| クレジットカード | 信用卡 | kurejitokaado |
| 現金 | 現金 | genkin |
| お釣り | 找錢 | otsuri |

| | | |
|---|---|---|
| 税金 | 税金 | zeekin |
| 含む | 包含 | fukumu |
| サイン | 簽名 | sain |
| お願いします | 麻煩您 | onegai shimasu |
| 返す | 歸還 | kaesu |
| 領収書 | 收據 | ryooshuusho |
| タイトル | 抬頭 | taitoru |
| 封筒 | 信封 | fuutoo |
| 入れる | 放入 | ireru |

 **④ 用餐**

**❶ 逛商店街**

| | | |
|---|---|---|
| 商店街 | 商店街 | shootengai |
| スーパー | 超市 | suupaa |
| デパート | 百貨公司 | depaato |
| コンビニ | 便利商店 | konbini |
| 桜銀座 | 櫻花商店街 | sakuraginza |
| 肉屋 | 肉店 | nikuya |
| 魚屋 | 海鮮店 | sakanaya |
| パチンコ屋 | 柏青哥店 | pachinkoya |
| 交番 | 派出所 | kooban |
| お巡りさん | 巡察 | omawarisan |

| | | |
|---|---|---|
| ハンバーガー | 漢堡 | **hanbaagaa** |
| サンド | 三明治 | **sando** |
| ドリンク | 飲料 | **dorinku** |
| コーラ | 可樂 | **koora** |
| コーヒー | 咖啡 | **koohii** |
| アイス | 冰 | **aisu** |
| ストロー | 吸管 | **sutoroo** |
| 持<sub>も</sub>ち帰<sub>かえ</sub>り | 外帶 | **mochikaeri** |
| 一万円<sub>いちまんえん</sub>で | 給你一萬日幣 | **ichimanende** |
| お釣<sub>つ</sub>り | 找錢 | **otsuri** |

**3** 在便利商店

| | | |
|---|---|---|
| レジ | 收銀台 | **reji** |
| 領収書<sub>りょうしゅうしょ</sub> | 收據 | **ryooshuusho** |
| 日用品<sub>にちようひん</sub> | 日常用品 | **nichiyoohin** |
| ドリンク | 飲料 | **dorinku** |
| パン | 麵包 | **pan** |
| 男性誌<sub>だんせいし</sub> | 男士雜誌 | **danseeshi** |
| 女性誌<sub>じょせいし</sub> | 女士雜誌 | **joseeshi** |
| 新聞<sub>しんぶん</sub> | 報紙 | **shinbun** |
| 雑誌<sub>ざっし</sub> | 雜誌 | **zasshi** |
| コピー | 拷貝 | **kopii** |
| ファックス | 傳真 | **fakkusu** |
| タバコ | 香菸 | **tabako** |

| ライター | 打火機 | raitaa |
| お酒 | 日本清酒 | osake |

**❹ 找餐廳**

| 日本料理屋 | 日本料理店 | nihonryooriya |
| すし屋 | 壽司店 | sushiya |
| 中華料理屋 | 中華料理店 | chuukaryooriya |
| らーめん屋 | 拉麵店 | raamenya |
| 料亭 | 日本傳統料理店 | ryootee |
| しゃぶしゃぶ | 涮涮鍋 | shabushabu |
| 焼き肉屋 | 烤肉店 | yakinikuya |
| 洋食 | 西式餐點 | yooshoku |
| 和食 | 日式餐點 | washoku |
| レストラン | 餐廳 | resutoran |

**❺ 打電話預約**

| 予約したい | 想預約 | yoyakushitai |
| 明日 | 明天 | ashita |
| 夜 | 晚上 | yoru |
| 二人 | 兩人 | futari |
| 七時 | 七點 | shichiji |
| ベジタリアン | 素食者 | bejitarian |
| 和食 | 日式餐點 | washoku |
| お名前 | 貴姓大名 | onamae |

| 連絡先 | 聯絡處 | renrakusaki |
| --- | --- | --- |
| 電話番号 | 電話號碼 | denwabangoo |

## 6 進入餐廳

| 予約あり | 有預約 | yoyakuari |
| --- | --- | --- |
| 禁煙席 | 禁煙座位 | kinenseki |
| 喫煙席 | 吸煙座位 | kitsuenseki |
| 窓際 | 靠窗 | madogiwa |
| 相席 | 同桌座位 | aiseki |
| 大きい | 大的 | ookii |
| テーブル | 桌子 | teeburu |
| 静かな | 安靜的 | shizukana |
| 席 | 座位 | seki |
| いす | 椅子 | isu |

## 7 點餐

| メニュー | 菜單 | menyuu |
| --- | --- | --- |
| おすすめ料理 | 推薦料理 | osusumeryoori |
| 有名な | 有名的 | yuumeena |
| 人気 | 有人氣的 | ninki |
| 注文する | 點菜 | chuumoosuru |
| ベジタリアン | 素食者 | bejitarian |
| 洋食 | 西式餐點 | yooshoku |
| 和食 | 日式餐點 | washoku |

| 中華料理 | 中華料理 | chuukaryoori |
|---|---|---|
| フランス料理 | 法國餐 | furansuryoori |
| イタリア料理 | 義大利餐 | itariaryoori |
| ピザ | 披薩 | piza |
| ハンバーグ | 漢堡肉 | hanbaagu |
| 定食 | 套餐 | teeshoku |
| Aコース | A套餐 | ee koosu |
| ビール | 啤酒 | biiru |
| 飲み物 | 飲料 | nomimono |
| コーヒー | 咖啡 | koohii |
| 紅茶 | 紅茶 | koocha |
| デザート | 點心 | dezaato |
| 食前 | 餐前 | shokuzen |
| 食後 | 餐後 | shokugo |
| お冷や | 冰水 | ohiya |
| 一品料理 | 上等料理 | ippinryoori |
| お箸 | 筷子 | ohashi |
| フォーク | 叉子 | fooku |
| ナイフ | 餐刀 | naifu |

### ❽ 進餐後付款

| クレジットカード | 信用卡 | kurejittokaado |
|---|---|---|
| 現金 | 現金 | genkin |
| サイン | 簽名 | sain |
| 領収書 | 收據 | ryooshuusho |

| タイトル | 抬頭 | **taitoru** |
|---|---|---|
| お釣り | 找錢 | otsuri |
| 部屋につける | 記房間的帳 | heyanitsukeru |
| 割り勘 | 各付各的 | warikan |
| いっしょ | 一起 | issho |
| 計算する | 計算 | keesansuru |

 **⑤ 交通**

**❶ 坐電車**

| 切符売場 | 售票處 | **kippuuriba** |
|---|---|---|
| 地下鉄 | 地下鐵 | chikatetsu |
| 電車 | 電車 | densha |
| JR線 | JR線 | jeeaaru sen |
| 山手線 | 山手線 | yamanotesen |
| 環状線 | 環狀（循環）線 | kanjoosen |
| 東海道線 | 東海道線 | tookaidoosen |
| 新幹線 | 新幹線 | shinkansen |
| 快速 | 快速 | kaisoku |
| 特急 | 特急 | tokkyuu |
| 急行 | 急行 | kyuukoo |
| 駅 | 車站 | eki |
| 駅員 | 站員 | ekiin |
| 回数券 | 回數票 | kaisuuken |

| | | |
|---|---|---|
| 周遊券 | 周遊券 | **shuuyuuken** |
| 乗車券 | 乘車券 | **jooshaken** |
| 運賃 | 乘車票價 | **unchin** |
| 片道 | 單程 | **katamichi** |
| 往復 | 來回 | **oofuku** |
| 大人 | 成人 | **otona** |
| 子ども | 孩童 | **kodomo** |
| 緑の窓口 | 緑色窗口（旅遊中心） | **midorinomadoguchi** |
| 旅行センター | 旅遊中心 | **ryokoosentaa** |
| 職員 | 職員 | **shokuin** |
| 申込み書 | 申請書 | **mooshikomisho** |
| 寝台車 | 臥鋪列車 | **shindaisha** |
| 指定席 | 對號座位 | **shiteeseki** |
| 自由席 | 自由座位 | **jiyuuseki** |

## 2 坐巴士

| | | |
|---|---|---|
| はとバス | 機場巴士 | **hatobasu** |
| 日帰りツアー | 當日回來旅遊 | **higaeritsuaa** |
| 半日バスツアー | 半天巴士旅遊 | **hannichibasutsuaa** |
| 観光バスツアー | 觀光巴士旅遊 | **kankoobasutsuaa** |
| バス待ち合わせ時刻 | 公車時刻表 | **basumachiawasejikoku** |
| バス料金 | 公車費用 | **basuryookin** |
| 学生料金 | 學生票 | **gakuseeryookin** |
| 高齢者 | 高齡者 | **kooreesha** |
| バスガイド | 公車導遊 | **basugaido** |
| パンフレット | 指南小冊子 | **panfuretto** |

## ❸ 坐計程車

| タクシー | 計程車 | takushii |
| 初乗<sub>はつの</sub>り料金<sub>りょうきん</sub> | 啟程價 | hatsunoriryookin |
| 運転手<sub>うんてんしゅ</sub> | 司機 | untenshu |
| 行<sub>い</sub>き先<sub>さき</sub> | 前往目的地 | yukisaki |
| 目的地<sub>もくてきち</sub> | 目的地 | mokutekichi |
| 忘<sub>わす</sub>れ物<sub>もの</sub> | 遺忘的東西 | wasuremono |
| お客様<sub>きゃくさま</sub> | 客人 | okyakusama |
| 荷物<sub>にもつ</sub> | 行李 | nimotsu |
| 領収書<sub>りょうしゅうしょ</sub> | 收據 | ryooshuusho |
| 料金<sub>りょうきん</sub> | 費用 | ryookin |

## ❹ 租車子

| 国際免許証<sub>こくさいめんきょしょう</sub> | 國際駕照 | kokusaimenkyoshoo |
| 申込<sub>もうしこ</sub>み書<sub>しょ</sub> | 申請書 | mooshikomisho |
| 貸<sub>か</sub>し渡<sub>わた</sub>し契約書<sub>けいやくしょ</sub> | 交車契約書 | kashiwatashikeeyakusho |
| マニュアル車<sub>しゃ</sub> | 手動排檔車 | manyuarusha |
| オートマチック車<sub>しゃ</sub> | 自動排檔車 | ootomachikkusha |
| 四輪駆動車<sub>よんりんくどうしゃ</sub> | 四輪驅動車 | yonrinkudoosha |
| ガソリン | 汽油 | gasorin |
| ガソリンスタンド | 加油站 | gasorinsutando |
| 燃料<sub>ねんりょう</sub> | 燃料 | nenryoo |
| 無鉛<sub>むえん</sub>ガソリン | 無鉛油 | muengasorin |
| 左進行<sub>ひだりしんこう</sub> | 靠左邊行進 | hidarishinkoo |
| 交通<sub>こうつう</sub>ルール違反<sub>いはん</sub> | 違反交通規則 | kootsuuruuruihan |

| | | |
|---|---|---|
| 返<ruby>かえ</ruby>す | 歸還 | kaesu |
| 受<ruby>じゅたく</ruby>託する | 受託、委託 | jutakusuru |
| 保<ruby>ほけん</ruby>険 | 保險 | hoken |
| 高<ruby>こうそくどうろ</ruby>速道路 | 高速公路 | koosokudooro |
| 料<ruby>りょうきんじょ</ruby>金所 | 收費站 | ryookinjo |
| タイヤ交<ruby>こうかん</ruby>換 | 更換輪胎 | taiyakookan |
| バッテリー | 電池 | batterii |
| 充<ruby>じゅうでん</ruby>電する | 充電 | juudensuru |
| 修<ruby>しゅうりこうじょう</ruby>理工場 | 修理工廠 | shuurikoojoo |
| 保<ruby>ほしょうにん</ruby>証人 | 保證人 | hoshoonin |
| ブレーキ | 剎車 | bureeki |
| バックミラー | 後照鏡 | bakkumiraa |
| 左<ruby>させつ</ruby>折 | 左轉 | sasetsu |
| 右<ruby>うせつ</ruby>折 | 右轉 | usetsu |

## 5 迷路了

| | | |
|---|---|---|
| 東<ruby>とうきょうえき</ruby>京駅 | 東京車站 | tookyooeki |
| 大<ruby>おおさかえき</ruby>阪駅 | 大阪車站 | oosakaeki |
| 名<ruby>なごやえき</ruby>古屋駅 | 名古屋車站 | nagoyaeki |
| 地<ruby>ちず</ruby>図 | 地圖 | chizu |
| ホテル | 飯店 | hoteru |
| デパート | 百貨公司 | depaato |
| 街<ruby>まちかど</ruby>角 | 街角 | machikado |
| 突<ruby>つ</ruby>き当<ruby>あ</ruby>たり | 街道盡頭 | tsukiatari |
| 交<ruby>こうさてん</ruby>差点 | 交叉路 | koosaten |

| | | |
|---|---|---|
| 右に曲がる<br>みぎ ま | 右轉 | migi ni magaru |
| 左に曲がる<br>ひだり ま | 左轉 | hidari ni magaru |
| まっすぐ | 直走 | massugu |
| 交番<br>こうばん | 派出所 | kooban |

**⑥ 觀光**

### ❶ 在旅遊詢問中心

| | | |
|---|---|---|
| 日帰りツアー<br>ひ がえ | 當日回來旅遊 | higaeritsuaa |
| 半日ツアー<br>はんにち | 半天旅遊 | hanichitsuaa |
| 夜のツアー<br>よる | 夜間旅遊 | yoruno tsuaa |
| 市内観光<br>し ないかんこう | 市內觀光 | shinaikankoo |
| バスガイド | 巴士導遊 | basugaido |
| 申込み書<br>もうし こ しょ | 申請書 | mooshikomisho |
| 写真<br>しゃしん | 照片 | shashin |
| パンフレット | 旅遊指南 | panfuretto |
| 帰着する<br>き ちゃく | 回來 | kichakusuru |
| 時間<br>じ かん | 時間 | jikan |
| 予約する<br>よ やく | 預約 | yoyakusuru |
| 大人二人<br>おとな ふたり | 成人兩人 | otonafutari |
| 料金<br>りょうきん | 費用 | ryookin |

### ❷ 到美術館

| | | |
|---|---|---|
| 美術館<br>び じゅつかん | 美術館 | bijutsukan |

| 博物館 | 博物館 | hakubutsukan |
|---|---|---|
| 入場券 | 入場券 | nyuujooken |
| パスポート | 通行券 | pasupooto |
| 周遊券 | 周遊券 | shuuyuuken |
| 開館時間 | 開館時間 | kaikanjikan |
| 閉館時間 | 休館時間 | heekanjikan |
| 大人料金 | 成人費用 | otonaryookin |
| 子ども料金 | 孩童費用 | kodomoryookin |
| 撮影禁止 | 禁止拍照 | satsueekinshi |
| 立ち入り禁止 | 禁止靠近（進入） | tachiirikinshi |
| ロッカー | 置物箱 | rokkaa |

**3 看電影、聽演唱會**

| 映画館 | 電影院 | eegakan |
|---|---|---|
| コンサート | 音樂會 | konsaato |
| 入場券 | 入場券 | nyuujooken |
| 指定席 | 對號座位 | shiteeseki |
| 自由席 | 無對號座位 | jiyuuseki |
| 禁煙 | 禁煙 | kinen |
| 食べ物持参禁止 | 禁止攜帶食物 | tabemonojisankinshi |
| 洗面所 | 化妝室 | senmenjo |
| 男性 | 男性 | dansee |
| 女性 | 女性 | josee |
| 撮影禁止 | 禁止拍照 | satsueekinshi |

## ❹ 去唱卡拉 OK

| カラオケ | 卡拉OK | karaoke |
| カラオケボックス | 卡拉OK包廂 | karaokebokkusu |
| 歌<sup>うた</sup>う | 唱歌 | utau |
| 歌<sup>うた</sup> | 歌 | uta |
| 一時間料金<sup>いちじかんりょうきん</sup> | 一小時費用 | ichijikanryookin |
| リモコン | 遙控器 | rimokon |
| 使<sup>つか</sup>い方<sup>かた</sup> | 使用方法 | tsukaikata |
| メニュー | 菜單 | menyuu |
| 時間<sup>じかん</sup>を延<sup>の</sup>ばす | 延長時間 | jikan o nobasu |
| 領収書<sup>りょうしゅうしょ</sup> | 收據 | ryooshuusho |

## ❺ 去算命

| 占<sup>うらな</sup>い | 算命 | uranai |
| 手相<sup>てそう</sup> | 手相 | tesoo |
| 運命<sup>うんめい</sup> | 命運 | unmee |
| 運勢<sup>うんせい</sup> | 運勢 | unsee |
| 過去<sup>かこ</sup> | 過去 | kako |
| 現在<sup>げんざい</sup> | 現在 | genzai |
| 未来<sup>みらい</sup> | 未來 | mirai |
| 金運<sup>きんうん</sup> | 財運 | kinun |
| 恋愛運<sup>れんあいうん</sup> | 愛情運 | renaiun |
| 仕事運<sup>しごとうん</sup> | 事業運 | shigotoun |
| 結婚運<sup>けっこんうん</sup> | 結婚運 | kekkonun |
| 夢占<sup>ゆめうらな</sup>い | 夢境占卜 | yumeunarai |

| 動物占い<br>どうぶつうらな | 動物占卜 | doobutsuuranai |
|---|---|---|
| 開運グッズ<br>かいうん | 開運吉祥物 | kaiunguzzu |
| 星座<br>せい ざ | 星座 | seeza |

## 6 夜晚的娛樂

| バー | 酒吧 | baa |
|---|---|---|
| お酒<br>さけ | 清酒 | osake |
| 焼酎<br>しょうちゅう | 燒酒（日式米酒） | shoochuu |
| ビール | 啤酒 | biiru |
| 生ビール<br>なま | 生啤酒 | namabiiru |
| 瓶ビール<br>びん | 瓶啤酒 | binbiiru |
| 赤ワイン<br>あか | 紅葡萄酒 | akawain |
| 白ワイン<br>しろ | 白葡萄酒 | shirowain |
| ウイスキー | 威士忌 | uisukii |
| グラス | 杯子 | gurasu |
| おつまみ | 下酒菜 | otsumami |
| スナック | 小零食 | sunakku |
| ママさん | 媽媽桑 | mamasan |
| 注文する<br>ちゅうもん | 點菜 | chuumonsuru |
| 氷<br>こおり | 冰 | koori |
| 水<br>みず | 水 | mizu |
| カラオケ | 卡拉OK | karaoke |
| 歌う<br>うた | 唱歌 | uta |

## ❼ 看棒球

| | | |
|---|---|---|
| ピッチャー | 投手 | picchaa |
| キャッチャー | 捕手 | kyacchaa |
| ファースト | 一壘手 | faasuto |
| セカンド | 二壘手 | sekando |
| 三壘手 | 三壘手 | sanruishu |
| 外野手 | 外野手 | gaiyashu |
| 内野手 | 外野手 | naiyashu |
| レフト | 右邊（野手） | refuto |
| ライト | 左邊（野手） | raito |
| 安打 | 安打 | anda |
| ホームラン | 全壘打 | hoomuran |
| 三振 | 三振 | sanshin |
| ボール | 壞球 | booru |
| ストライク | 好球 | sutoraiku |
| アウト | 出擊 | auto |
| セーフ | 安全（上壘） | seefu |
| 選手 | 選手 | senshu |
| 監督 | 教練 | kantoku |
| 審判 | 裁判 | shinpan |
| 得点 | 得分 | tokuten |
| 応援 | 支援 | ooen |
| グランド | 球場 | gurando |
| 野球場 | 棒球場 | yakyuujoo |
| グラブ | 手套 | gurabu |

| | | |
|---|---|---|
| 野球 | 棒球 | yakyuu |
| バット | 球棒 | batto |
| 制服 | 制服 | seefuku |
| キャップ | 帽子 | kyappu |

 **❼ 購物**

**❶ 買衣服**

| | | |
|---|---|---|
| 洋服 | 西服 | yoofuku |
| スーツ | 西裝 | suutsu |
| ワンピース | 連身裙 | wanpiisu |
| スカート | 裙子 | sukaato |
| コート | 外套 | kooto |
| ジャケット | 外套（西服） | jaketto |
| ズボン | 褲子 | zubon |
| ワイシャツ | 白襯衫 | waishatsu |
| Tシャツ | T恤 | tii shatsu |
| ジーンズ | 牛仔褲 | jiinzu |
| ブラウス | 女用衫 | burausu |
| セーター | 毛衣 | seetaa |
| 羊毛 | 羊毛 | yoomoo |
| 木綿 | 棉製品 | momen |
| ベルト | 皮帶 | beruto |
| 大きいサイズ | 大尺寸 | ookiisaizu |
| 小さいサイズ | 小尺寸 | chiisaisaizu |

| | | |
|---|---|---|
| Mサイズ | M尺寸 | emu saizu |
| Lサイズ | L尺寸 | eru saizu |
| Sサイズ | S尺寸 | esu saizu |
| LLサイズ | LL尺寸 | erueru saizu |
| 短い | 短的 | mijikai |
| 長い | 長的 | nagai |
| 色違い | 不同顏色 | irochigai |
| 他に | 其他 | hokani |
| スタイル | 樣式 | sutairu |
| 割引 | 打折扣 | waribiki |
| サービス | 贈送 | saabisu |

## ❷ 買鞋子

| | | |
|---|---|---|
| きつい | 緊 | kitsui |
| ゆるい | 鬆 | yurui |
| かかと | 腳跟 | kakato |
| つま先 | 腳尖 | tsumasaki |
| 足裏 | 腳底 | ashiura |
| 痛い | 疼痛 | itai |
| 銘柄 | 牌子 | meegara |
| ブランド品 | 名牌商品 | burandohin |
| 手作り | 手工製 | tezukuri |
| 日本製 | 日本製 | nihonsee |

## ❸ 付錢

| | | |
|---|---|---|
| 現金 | 現金 | genkin |
| クレジットカード | 信用卡 | kurejittokaado |
| ドル | 美金 | doru |
| 日本円 | 日幣 | nihonen |
| 高い | 昂貴 | takai |
| 安い | 便宜 | yasui |
| まけてください | 請你打折扣 | makete kudasai |
| 割引 | 打折扣 | waribiki |
| 税金 | 税金 | zeekin |
| 含む | 包含 | fukumu |

## ❽ 生病了

## ❶ 說出症狀

| | | |
|---|---|---|
| 風邪 | 感冒 | kaze |
| 鼻水 | 鼻水 | hanamizu |
| 咳 | 咳嗽 | seki |
| くしゃみ | 打噴嚏 | kushami |
| 頭痛 | 頭痛 | zutsuu |
| ずきずきと痛む | 抽痛 | zukizukitoitamu |
| 鋭い痛み | 劇痛 | surudoiitami |
| 鈍痛 | 隱隱作痛 | dontuu |
| しくしくと痛む | 微微地抽痛 | shikushikutoitamu |

| | | |
|---|---|---|
| 目眩<br><sub>めまい</sub> | 目眩 | memai |
| 気分が悪い<br><sub>き ぶん わる</sub> | 身體不舒服 | kibungawarui |
| 腹痛<br><sub>ふくつう</sub> | 肚子痛 | fukutuu |
| 下痢<br><sub>げ り</sub> | 拉肚子 | geri |
| 便秘<br><sub>べん ぴ</sub> | 便秘 | benpi |
| 胸痛<br><sub>きょうつう</sub> | 胸口痛 | kyootuu |
| 息苦しい<br><sub>いきぐる</sub> | 呼吸困難 | ikigurushii |
| 胃痛<br><sub>い つう</sub> | 胃痛 | ituu |
| 吐き気がする<br><sub>は け</sub> | 想吐 | hakike ga suru |
| 虫歯<br><sub>むし ば</sub> | 蛀牙 | mushiba |
| 痔<br><sub>じ</sub> | 痔瘡 | ji |
| だるい | 身體沒力 | darui |
| しびれる | 發麻 | shibireru |
| 打撲<br><sub>だ ぼく</sub> | 碰傷、跌傷 | daboku |
| 骨折<br><sub>こっせつ</sub> | 骨折 | kossetsu |
| 捻挫<br><sub>ねん ざ</sub> | 扭傷、挫傷 | nenza |
| やけど | 燙傷 | yakedo |
| 水虫<br><sub>みずむし</sub> | 香港腳 | mizumushi |
| 痒い<br><sub>かゆ</sub> | 發癢 | kayui |

**2 到藥局拿藥**

| | | |
|---|---|---|
| 処方箋<br><sub>しょほうせん</sub> | 藥方 | shohoosen |
| 保険証<br><sub>ほ けんしょう</sub> | 保險證 | hokenshoo |
| 薬<br><sub>くすり</sub> | 藥 | kusuri |
| アレルギー | 過敏 | arerugii |

| | | |
|---|---|---|
| 食前<br>しょくぜん | 飯前 | **shokuzen** |
| 食後<br>しょくご | 飯後 | **shokugo** |
| 寝る前<br>ね　まえ | 睡覺前 | **nerumae** |
| 一日一回<br>いちにちいっかい | 一天一次 | **ichinichiikkai** |
| 飲む<br>の | 吃（藥） | **nomu** |

# MEMO

# 不會日語也別怕！

## 超簡單!! 玩透日本

### 用中文就GO！ 【25K+MP3】

▶ 即學即用 03

| | |
|---|---|
| 著者 | 山田玲奈、賴美勝 |
| 發行人 | 林德勝 |
| 出版發行 | 山田社文化事業有限公司 |
| | 臺北市大安區安和路一段112巷17號7樓 |
| | 電話 02-2755-7622 |
| | 傳真 02-2700-1887 |
| 郵政劃撥 | 19867160號 大原文化事業有限公司 |
| 總經銷 | 聯合發行股份有限公司 |
| | 新北市新店區寶橋路235巷6弄6號2樓 |
| | 電話 02-2917-8022 |
| | 傳真 02-2915-6275 |
| 印刷 | 上鎰數位科技印刷有限公司 |
| 法律顧問 | 林長振法律事務所 林長振律師 |
| 書＋MP3 | 定價 新台幣 320 元 |
| 初版 | 2019 年 9 月 |

© ISBN : 978-986-246-554-7
2019, Shan Tian She Culture Co. , Ltd.